異世界に飛ばされたおっさんは何処へ行く？ 3

Where is Ossan going in another world?

シ・ガレット

ci garette

目次

第❶章　生産国アムス　火竜との出会い……007
第❷章　服飾の町ファッシー……069
第❸章　トーランでの休息……173
第❹章　王都パミル……229

ジュード
ドラゴンの子供。
好奇心旺盛で
いたずらっ子。
ネーロ
猿の神使《しんし》。
お調子者の
ムードメーカー。
ヴァイス
瀕死のところを
タクマに
助けられた子狼。
タクマのことが
大好き。
タクマ
異世界に飛ばされて
きたおっさん。
趣味を楽しみながら
異世界を旅する。
ゲール
虎の聖獣《せいじゅう》。
控えめで大人しい。

リンド
火山に棲まう火竜。
ジュードの母親。
コラル
タクマの
尻拭いばかり
させられている領主。
お酒好き。
アフダル
鷹《たか》の神使。
冷静で賢い。
カリオ
タクマの命を狙う
謎の暗殺者。
主な登場人物

第❶章

生産国アムス　火竜との出会い

1　入国早々

異世界に飛ばされた普通のおっさん、タクマ・サトウ。

行くあてのない旅を続けるなかで、いつしか彼には家族と呼べる存在が増えていた。白い狼《おおかみ》のヴァイス、虎《とら》の神使《しんし》であるゲール、神格化された鷹《たか》のアフダル、そして同じく神格化された子猿《こざる》のネーロ。

ナビゲーションシステムのナビは、可愛らしい精霊《せいれい》の姿に実体化できるようになった。

また、鉱山都市トーランの孤児院《こじいん》にはタクマを慕《した》うたくさんの孤児がいる。

タクマはこうした異世界の存在と交流することで、ゆっくりとではあるが人間として確かな成長をしていくのだった。

◇　◇　◇

生産国アムスでは、孤児たちが劣悪《れつあく》な環境で暮らすのを強いられている。

そのことを知らされたタクマは、そんな孤児たちを救うべく、一路アムスへ向かった。そうして、エンジ帝国国境の町エコーをあとにした彼らは今、越境手続きをするために、門の前に並んでいる。アムスへ入るには、厳重な身辺調査を受ける必要がある。

タクマは本当の職業である行商人ではなく、冒険者として入国をしようとしていた。アムスでは、珍しい商品を持っているという理由で、商人が命を狙われることがあるのだ。そんなわけでタクマは、彼の能力「異世界商店」で購入した日本刀を腰に装備している。

これまでの国境越えとは違い、衛兵は殺気立っていた。タクマたちの順番が来ると、衛兵が偉そうな態度で呼ぶ。

「おい！　手続きはこっちだ！　早く来い」

タクマが促《うなが》されるまま衛兵の前に立つと、衛兵は身分証を出すように命令する。タクマは動じることなく、無言でSランクの冒険者ギルドカードを提示した。

このカードはエコーで発行してもらったもので、通称「偽装《ぎそう》カード」と呼ばれる。商業ギルド所属の行商人であっても、冒険者ギルド所属の冒険者のように偽装できるのだ。

「こ、これは……失礼しました！　Sランクの冒険者様だとは知らずに失礼なことを」

「ああ、構わないからさっさと手続きをしてくれ」

タクマはほんの少しだけ威圧《いあつ》を込めてそう言って、衛兵に早くするように促す。衛兵はビクッと体を震《ふる》わせながら手続きを進めていった。

（やれやれ。入国する前からこれか。先が思いやられるな）

タクマは、自分のほうをチラチラ見てくる衛兵にため息を吐《つ》いて待つ。プレッシャーを与えたのが効いたのか、手続きは意外にも、ものの数分で終了した。

入国してからしばらく街道を歩いていた。だが、門を出た早々からタクマの様子を窺《うかが》う気配がある。一定の距離を取ってジッと観察しているようだ。敵意はないものの、付けられるのは気分が良くない。そう考えたタクマは行動に出ることにした。

念話でネーロに指示を与える。

（ネーロ、こっちを観察している奴らがいるのは分かってるな？　とりあえず感電でもさせて行動不能にしてくれ。くれぐれも殺すなよ）

（はーい。拘束するよー）

指示を受けたネーロがすぐさま動く。小さい体を利用して相手に気づかれずに背後に回り込むと、そのまま全員を感電させて動けないようにした。

タクマが駆けつけると、そこには少年三人と少女二人が、体をピクピクさせて気を失っていた。なぜ付けていたのか聞き出すため、彼らが目を覚ますまで待つ。ネーロの電撃は弱めに調整してあったので、彼らはすぐに起き上がった。

「さて、全員起きたな？　なぜ俺たちを見ていたんだ？　正直に話してくれるか？」

「「「「「……」」」」」

彼らは黙ったままだった。互いに顔を見合わせるものの口を開こうとはしない。

「そうか。言う気はないと？　それじゃあしょうがない」

タクマはそう言うと、先ほどのネーロが放ったのと同じくらいの電撃を手にまとわせながら、さらにもう一度質問をする。

「言えないのであれば、また眠ってもらってから衛兵に突き出すしかないんだが……どうする？」

怖そうな顔を作って、近づいていくタクマ。すると、少年たちはガタガタと震えて許しを求めてきた。

「す、すみませんでした。理由を話しますから許してください!!」

仕舞いには、土下座のような恰好《かっこう》で謝ってくる。

それを見たタクマは魔法を解除した。だが、念のためヴァイスたちには威嚇《いかく》をさせておく。

「謝罪は受け取っておくが、お前たちが少しでも変な動きをしたら、また気絶してもらうからな。そのあとで衛兵に知らせることになるぞ？　……で、何で俺らを付けていた？」

「付けたなんて滅相《めっそう》もない。僕たちはただSランクの冒険者がどんな人か見てみたくて……ごめんなさい」

全員ががっくりと肩を落とす。

「そうか。俺はタクマと言う。いいかお前たち、冒険者という存在をよく理解しておかないと駄目だ。興味を持って近づいただけで殺されてしまうこともあるんだ。注意しないと危ないぞ」

荒っぽい冒険者だと、攻撃をしてくる可能性もあるのだ。まだあどけない面構《つらがま》えの少年たちにそ

のリスクを分からせるため、タクマはしっかりと言って聞かせた。

ただ、充分反省はしているようなので、ヴァイスたちに威嚇はやめさせた。

「で？　Sランクを見たかっただけじゃないだろう？」

彼らは口にしづらそうにしながらも、小さな声で言う。

「僕たちは冒険者になりたてなので、とても弱いのです。だから、強くなる方法を知りたくて……どうやったら強くなれますか？」

「……」

力を使いこなせていない俺に聞かれてもな……どう話してやれば良いんだ？　そう思ったタクマは何を言ってやれば良いか分からず、考え込んでしまった。

少年たちは、タクマが黙ってしまったことで彼を怒らせてしまったと勘違いしたらしく、急にオロオロとしだす。そんな彼らを見て、ナビがタクマの近くに飛んできた。

（マスター、何か言ってやらないと子供たちが困ってますよ）

（とは言ってもな。どう答えてやれば良いものか……）

考えても答えは出ない。ひとまずタクマは、少年たちと話してみることにした。

「強くなりたいのは何でだ？」

「稼げるからです。僕らは孤児なので誰も頼れないし、勉強するお金もありません。この国で生きていくには冒険者になって強くならないと……」

「やっぱりこの国は、そんな殺伐《さつばつ》とした感じなのか。だが、お前たちくらい大きくなれば、違う国に行くこともできるだろう？　なぜそうしないんだ？」

少年たちの一人が悲しそうな顔を見せる。

「それは……僕たちだけならそれもできるけど、弟たちがいるから……」

彼らの置かれている状況は、そんな単純ではないらしい。

「なるほどな。稼ぎたい理由はそれか」

「はい……」

タクマは苦々《にがにが》しい気分になってしまった。

「だが、強くなりたいと言ってもいきなり強くはなれないだろう？　我流で強くなるには相当な苦労が必要だし。師匠になってくれそうな冒険者はいないのか？」

「いません……ギルドに登録するときに、簡単な体の使い方と、武器の扱いを習っただけです」

「そうか。もしかしてお前たち、本当は冒険者になりたくないんじゃないのか？」

タクマが核心を突くような質問をする。すると、全員渋々《しぶしぶ》とうなずいた。

捕まえた時点で気がついてはいたのだが、彼らはどう頑張っても冒険者には向いていなかった。痩《や》せていて筋肉はないし、装備も剣のみという無謀極まりない恰好だ。このままでは不幸な結末になってしまう可能性が高いだろう。

タクマは、彼らをどうにかできないだろうかと考えを巡らせながら、話を続けた。

「おそらくお前たちでは、町の外で活動するのでさえ危険だろうな」

少年たちはその危険性すらも分からないほどに追い込まれているようだった。タクマの厳しい言葉を受けて、彼らはただ呆然《ぼうぜん》としていた。

タクマはヴァイスたちに少年たちを見ておくように頼むと、その場から少し離れたところに移動する。それからナビを呼び出して相談しようとするが、ナビはすでにタクマの考えを分かっていたらしい。

（マスター。もしかして子供たちをトーランへ送るつもりですか？）

（そうだな。それしかないかもしれん。領主に頼むだけ頼んでみるか……その前に、あの子たちに行く気があればだな）

さっそくタクマは少年たちのところへ戻り、尋ねてみる。

「さっきまでの話で、今のお前たちでは冒険者として生きていくのは無理なのは分かったな？　で、一つ提案があるんだが……」

違う土地の孤児院で生活してみないかと言ってみると、彼らは返答に困ったような様子を見せた。どうやら弟たちと相談したいらしい。弟たちが住んでいるのはこの先の鍛冶《かじ》の町フォージングとのことなので、すぐに行って相談してくるように伝えた。

その前に、タクマは彼らにフォーシングで一番の宿を尋ね、自分はその宿に泊まる予定だから相談が終わったら来るように伝えた。

少年たちを見送ったあと、遠話《えんわ》のカードを取り出し魔力を流す。

トーランの領主コラルがすぐに出た。

「おお、タクマ殿！　今日はどうしたのだ？」

「実は……」

タクマは、アムスの少年たちが置かれている状況について話した。コラルは少し考えて無言になったが、しばらくしてゆっくりと告げる。

「なるほどな……入国した早々にそんなことが。その子供たちは嫌々冒険者になったのだな？　そうだ、孤児院ではなく、我が屋敷で使用人として雇うというのはどうだろうか？」

実はトーランの孤児院はすでに満杯に近いらしい。そのためコラルは、自分の屋敷でと申し出てくれたのだった。

「……よろしいので？」

「ああ、その代わりと言ってはなんだが、トーランに没落《ぼつらく》した貴族の屋敷が空いているんだ。そこを引き取ってもらうことを考えてみてはくれないだろうか？」

(うーん、トーランに屋敷か。まあ、拠点として持っておくのも手なのかな？)

タクマは、コラルの思ってもみなかった提案に驚きながら、次なる町フォージングへ向けて歩きだすのだった。

2　拠点の話

鍛冶の町フォージングに到着したタクマたちは、入り口で犯罪歴の確認をされて町に入った。

町の中を歩いていると、鍛冶の町らしくそこら中から金属を叩く音が聞こえる。

賑《にぎ》やかな通りを抜けて、先ほどの少年たちに教えてもらった町一番の宿に到着した。３日分の宿泊料15万G《ガル》を支払い、部屋へ案内される。ヴァイスたちの宿泊も拒否されることはなく、同じ部屋に泊まることができた。

それからヴァイスたちと一緒に夕食を済ませたタクマは、さっそくコラルのところへ行くことにした。

一度行った場所を訪れることのできる魔法「空間跳躍《くうかんちょうやく》」を使ってトーランの教会の一室に跳んでいくと、物音で分かったのか、扉の外からパタパタと足音がした。

扉を開けて現れたのは、シスターのシエルである。

「タクマさん、いらっしゃい。今日は急にどうしたのですか？」

「領主様に用事があって来たんです」

「そうですか。相変わらず忙しそうですね」

シエルと別れ、教会を出て５分ほど歩いていく。やがて領主邸へ着くと、入り口で門番に強い口調で止められた。

「ここは領主様の邸宅だ。何の用だ？」

「私はタクマ・サトウです。領主様にタクマが来たと伝えていただけますでしょうか？」

門番が訝《いぶか》しげな顔をしたまま屋敷の中へ入っていく。しばらく待っていると、領主のコラルが直々《じきじき》にやってきてくれた。

「話には聞いていたが、本当にすぐ移動できるんだな」

「ええ。急に来てしまいましたが、大丈夫でしたか？」

「ああ、君なら問題ない」

さっそくコラルとタクマは応接室へ移動すると、孤児の話に入ることにした。

「急ですみません。ただ今後のことを考えると、早いほうが良さそうなので」

「生産国アムスはそんなに切迫《せっぱく》した状況なのか？」

「まだ入ったばかりで分かりませんが、少なくとも孤児が生きていくには厳しいかもしれません。先ほど遠話で話した子供たちは、戦闘技術もないのに冒険者をやらざるをえない状況でした。他にも同じような子供がゴロゴロいると思われます。なので、比較的安全なこの町に連れてきたいのです。もちろんそのための費用は私が負担します」

「なるほど。噂《うわさ》では聞いていたが、アムスでは本当に教会が機能していないようだな。分かった。できる限りの手助けはしよう」

「ありがとうございます」

続いて、引き取ることを提案された屋敷についての話になる。

空いているというのは、１００ｍ《メートル》×２００ｍの敷地を持つ大きな屋敷で、庭まで付いているらしい。部屋数は十部屋以上で、さらに一部屋一部屋が相当な広さとのこと。ちなみに使用人はコラルが探してくれるそうなのだが、これだけ大きな屋敷となるとすぐに見つかるかどうか……

そんな話をしているところへ、コラルの家来《けらい》の者が現れる。

「失礼いたします」

アークスと呼ばれる家令《かれい》で、年齢は50後半くらい。すらりとしたスタイルの彼は髪型をいつもオールバックにしており、見た目からしてできる執事《しつじ》といった感じだ。

アークスは思いがけないことを言い放った。

「私がタクマ様のお屋敷の家令をしましょう」

「「はぁ？・？・」」

タクマと一緒に驚いたコラルが、アークスに掴《つか》みかかる。

「いやいや、お前がタクマ殿のところに行ったら、こちらの家はどうするのだ⁉」

「私の息子に任せようと思います。あやつにはみっちりと仕事を仕込みましたので良い機会です。実は前々から、老後はコラル様を救ったタクマ様のお手伝いができれば、と思っていたのです。先ほど、コラル様よりタクマ様との遠話の内容を教えていただいたときに、このことを決心いたしました。ちなみに、私の他にも何名かが後進に譲り、タクマ様にお仕えしたいと考えているそうです」

「そこまで考えていたのか……流石《さすが》だな。先を読んで考えることができるお前のような者を手元に残せないのは残念だが、お前の息子も育っているならそれでも良かろう。分かった」

「コラル様、お世話になりました。そしてタクマ様、これからよろしくお願いします」

「本当に良いのですか？　来てくれれば助かりますが……」

「ええ、もちろんです」

アークスだけなく、タクマに仕えるのを希望する者は全員、覚悟を持って移籍してくれるそうだ。

さっそく三人で屋敷の内見に向かう。

事前に大きいとは言われていたものの、実際に目にするとタクマは驚いてしまった。貴族の屋敷だけあって壁にはしっかりとした装飾がされており、高級感を出していた。

あまりの衝撃に言葉を失うタクマを、コラルが中に入るように促す。

「中もすごいな……」

中の柱にもしっかりと装飾がされていた。高級そうではあるがシンプルな装飾なので、嫌な感じはしない。ただ、家具は設置されていなかった。家の内見を終えると、正式な売買契約を結ぶため商業ギルドに向かった。

金額はこの規模にしては破格の５０００万Ｇ。ただしそれには条件があり、月に一度コラルに酒を納入してほしいとのことだった。

タクマはその条件を快《こころよ》く受け入れ、契約と支払いを済ませた。そしてアークスに管理費として1億Gを預けておく。これほどの金額を渡したのは、この先に何があるか分からないためだ。

家具や寝具の購入や配置などの細かいことは後日行うとして、今日のところは失礼させてもらうことにした。

コラルにお礼を言い、最初のお酒の納品は明日にでも行うという約束をして、タクマはフォージングの宿へと帰っていくのだった。

3　説明と移動

翌日。

タクマは、領主に渡す酒を用意することにした。

［チャージ金］：38万3450G
［カート内］
・ザ・マックランレアカスク（700㎖《ミリリットル》）×12：25万2000G

［合計］　　　　　　　　　　：25万2000G

決済を行い、アイテムボックスに収納しておく。

その後、朝食を持ってきてもらいみんなでゆっくり食べていると、部屋の専属の従業員が呼びに来た。

「サトウ様。下に知り合いだと言う冒険者が来ております。どうなさいますか？」

おそらく昨日の少年たちだろう。弟たちとトーランに移る相談が済んだら、タクマの泊まっている宿へ来るように伝えておいたのだ。

「ああ、来たか。会いますので、宿の外で待つように言ってもらえるかな」

「分かりました」

タクマは外に出る準備をして、一階へ下りた。宿の外まで出ると昨日の少年たちが待っていた。

少年の一人が口を開く。

「タクマさん、話し合ってきました」

「そうか。どうだった？」

「みんなここでひもじい思いをするくらいなら、移住したいそうです。僕たちもこれ以上危険な冒険者はやりたくないので、連れていってもらえませんか？」

「そうか。ここでは誰が聞いているか分からないから、ちょっと移動しよう」

そう言ってタクマは少年たちを引き連れて宿の食堂に入る。そして個室を用意してもらうと、少年たちに座るように促した。

みんなが落ち着いたところで、タクマが告げる。

「ところで弟たちはどうした？　てっきり今日、みんなを連れてくるかと思ったんだが」

「少し具合が悪い子がいるので……」

「なるほどな。じゃあ、なおさら早く話を済ませてしまおう。これから君たちにはある場所に移動してもらう。ただ、昨日言った孤児院に連れていくのではなく、領主様の屋敷に住み込みで働いてもらうことになったんだ。働けない年齢の弟たちは、君たちが働いている間は孤児院にでも遊びに行かせれば問題ないだろう」

「りょ、領主様!?　何でそんな大事《おおごと》に？」

「ああ、ちょっと伝手《つて》があってな。領主様に話をしたら、君たちを引き取ってもいいと言ってくれたんだ。彼は平民とも普通に接する良い貴族だ。きっと悪いことにはならないだろう」

それからタクマが「頑張って協力して生きていきなさい」と言うと、少年たちは静かにうなずき涙した。

「ありがとう、ありがとうございます……」

「いいんだ。俺がやりたいからやってるだけだしな。領主様は一生懸命働いていればちゃんと見てくれる方だから、しっかりな」

「はい……はい……」

タクマは少年たちが泣きやみ、落ち着くのを待ったところで、具合が悪いという弟たちのところへ案内してもらった。

そこは町の用水路の中だった。

小さな子供たちがこんな不潔極まりない場所で生活していると知って、タクマは苦々しい気持ちになった。用水路の端には、八人の幼い子供たちが身を寄せ合って震えていた。

タクマは怯《おび》えさせないようにと、優しい口調で話しかける。

「はじめまして。おじさんはタクマ・サトウって言って、冒険者をしているんだ。今日は、君たちとお兄ちゃんたちを安全な場所に連れていくために来たんだよ。よろしくね」

「安全？　ここより？」

「ああ。そこに引っ越せば、毎日お腹いっぱいご飯が食べられて、暖かくして寝られる。だから、一緒に行こう」

「うん。でもこの子が……」

そう言う子供が示す先に、タクマは目を向けた。

そこには、体の震えが止まらず、高熱が出ているらしき子供がいた。鑑定してみると、酷い風邪《かぜ》を患《わずら》っている。

すぐにタクマがヒールで完全に癒《いや》してやると、その子は安らかな寝顔になった。

「これで大丈夫だ。すまないが、これで自分たちの分も含めて、服と下着を五枚ずつ買ってきてくれ。その間にこの子たちを外に連れていくから」

そう言ってタクマは、少年たちに15万Gを渡す。それから寝ている子供をおんぶして、他の子たちも連れて用水路の外へ出た。

お金を渡した少年たちが戻ってくるのを待っている間に、子供たちにクリアとヒールをかけておく。子供たちは自分の体から臭《にお》いと汚れが消えたのを感じて、目をパチパチとさせていた。

しばらくして大荷物を持った少年たちが戻ってきた。タクマが伝えた通りに、全員分の服と下着を購入してきたようだ。眠っていた子も目を覚ましたので、全員新しい服に着替えさせる。

「うん、みんな似合ってる。見違えたな」

それからタクマは子供たちに、移動方法については教えられないが一瞬で到着すると説明しておいた。そして、いろんな厄介事《やっかいごと》が付いて回る可能性があるので、目隠しをすることを了承してもらった。

みんなの着替えが終わり準備ができると、宿にヴァイスたちを迎えに行ってから、町の外へ出てきた。

周囲に気配がないことを確認し、全員に食事を振る舞う。どうやら久々の温かい食事だったらしく、みんな泣きながらたくさん食べていた。

「よし、みんなお腹いっぱいになったかな？」

タクマが聞くと、全員笑顔でうなずいた。手早く片付けをし、このまま移動することを伝える。

「そろそろ準備はいいかな？　これから移動するから、おじさんを中心に円になって並んでくれ……そうそう、そんな感じ。そうしたら、自分の前の人の目を塞《ふさ》いでな。うん、そう。じゃあ、そのままで」

時間をかけると緊張感が薄れてしまうと思ったタクマは、すぐに跳んでしまうのだった。

4　到着と我が家

トーランへ着いたタクマたちはさっそく領主邸へ移動した。

そこにはすでにコラルとアークスが待っていて、タクマたちを応接室へ案内してくれた。

コラルが子供たちに声をかける。

「ようこそ鉱山都市トーランへ。歓迎するよ。私はこの町の領主であるコラル・イスル侯爵《こうしゃく》だ。まだ来たばかりで町のことはまったく分からないだろうから、私のメイドに案内させよう」

子供たちを町に行かせている間に、タクマとコラル、アークスで話を詰めていくことにした。

さっそくアークスが提案してくる。

「タクマ様。今回連れてきた子たちは、タクマ様の館《やかた》で引き取るのはどうでしょうか？」

「ん？　だが準備ができていないだろ？　それにコラル様が引き取ってくれると言ったのに良いのですか？」

コラルに頼んで了承してもらったのに、それを反故《ほご》にするのはどうなのかと思ったのだが、すでに話が通っていたようだ。心配するタクマにコラルが告げる。

「最初にこちらで引き取ると言ったのは、アークスあってのことだったのだ。アークスがタクマ殿の下についたのなら、タクマ殿が引き取っても良いのかもな」

「なるほど。では、あの子たちは私が引き受けることにしましょう。アークス、家の受け入れ準備のほうは？」

アークスによると、つつがなく準備は進んでいて、問題ないそうだ。たった一日で彼らの衣食住、教育環境まですべて準備できていると報告された。

「アークス、少年たちはお前が見てくれるのだろうが、弟たちはどうするんだ？」

「まだ小さい子たちは、大きくなるまでは十分な食事を与えてしっかりと遊んでもらおうと思っております。孤児院のほうには日中面倒を見てもらうように言ってありますので、心配ありません」

子供たちのことはまったく問題ないようだった。それからタクマは条件の酒をコラルに納品した。コラルは目当ての酒を手に入れてホクホク顔になっていた。

ひと通り話が済んだところで、子供たちが帰ってきた。今までいた町とは違い安心して暮らしていけるのが分かったようで、みんな笑顔だった。タクマは気力が湧いてきたらしい子供たちに声をかける。

「今後の君たちについて領主様と話し合った結果、少々変わったので教えておくよ。領主様のところでお世話になるように頼んであったんだが、俺が引き取ることになったんだ。今日から俺たちは家族になるんだ。よろしくな」

タクマに、家族と言ってもらえたのが嬉しかったのか、子供たちは涙を流していた。生活の心配がなくなって安心もしたのだろう。タクマは言葉を続ける。

「だが、家族になったばかりで申し訳ないが、俺はまだ旅をしないといけないんだ。ちょくちょく帰ってくるつもりではいるが、留守の間は俺の家で働いてくれているアークスが、君たちの面倒を見てくれる」

すると、アークスが子供たちに言う。

「ご紹介に与《あずか》りました、アークスと申します。あなたたちのお世話をさせていただきますので、よろしくお願いしますね。今日は疲れているでしょうから、さっそく家へ帰りましょう」

今までの疲れからかみんな眠そうにしていたので、アークスに連れられてタクマの家へと向かっていった。

子供たちを見送ると、コラルが尋ねてくる。

「タクマ殿。本当に引き取って良かったのか？」

「ええ、拠点があればそうするつもりでいたので、問題ありません。それに、あの子たちが先にいろいろ覚えてくれれば、今後引き取る子供たちの世話も楽になるでしょうから」

「今後引き取る？　……なるほどな」

「まだまだ子供を引き取ろうと思っているんです。これからもよろしくお願いします」

領主に頭を下げると、彼は豪快《ごうかい》に笑ってタクマの肩を叩いた。

「君には返しきれない借りがあるし、子供が生気のない目をしているのは私も嫌だからな。できることはフォローしようではないか」

タクマは、お酒の代金はアークスに預けるように伝え、領主邸をあとにした。

自分の家へ着くと、アークスが出迎えてくれた。子供たちは帰ってすぐに眠りの世界へと誘われてしまったらしく、家の中は静かであった。

アークスに案内されたのはタクマの寝室だった。そこにはヴァイスたちも一緒に寝られるような大きなベッドと、ソファー、テーブルがすでに用意されていた。ヴァイスたちはその部屋が気に入ったようなので、アークスとの話が終わるまでそこで待っているそうだ。

タクマは続けて別の部屋に案内された。

「ここはタクマ様の執務室です。今は行商としていろいろなところを旅されていますが、いつかは腰を落ち着けて商会を立ち上げてはいかがでしょうか？」

「商会……ああ、そうだな。そっちの選択肢もあるな。考えてみるよ、ありがとう」

家の中をあらかた見て回ったタクマが応接室へやってくると、そこにはすでに眠っていると思っていた少年たちが待っていた。

「寝ていたんじゃないのか？」

「いえ、ここまでしてもらったのに名前も名乗っていなかったので、せめて自己紹介だけはと思って……」

「そういやそうだったな。じゃあ、改めて俺のほうから自己紹介しよう。俺はタクマ・サトウ。さっきは冒険者と言ったが、本当は行商人なんだ」

「僕の名前はヒュラです。歳は13です」

「俺の名前はアコラ。ヒュラと同じ歳です」

「僕はファリスです。12歳です」

「私はフラン。12歳」

「……レジー。11歳」

みんな思っている以上に若かった。苦労していた分、しっかりとして見えたのかもしれない。タクマは優しい口調で話し始めた。

「初めに言っておくが、俺が君たちに望むのは、ここでしっかりと食べ、寝て、遊んで、学んでもらうことだけだ。将来のことは、もっと大きくなれば自然と考えられるようになるから、今は心配しなくていい。そして、これから君たちのような子供がたくさんここに来ることになる。そうなったら、その子たちを助けてあげてくれ」

「「「「はい！」」」」

「分かったら、今日はもうゆっくりしなさい。明日からはアークスがいろいろ教えてくれる。頑張れよ」

ヒュラたちを部屋へと戻らせたタクマは、再びアークスと向き合う。

「アークス、ヒュラたちは思った以上に若かったな」

「そうですね。仕事をさせるのは、彼らが15歳になるまではやめておきましょう。まずは勉強からですね？」

「ああ、どんな職業でも目指せるように教えてやってくれ」

アークスは、タクマの考えをしっかりと分かってくれていたようだ。

タクマは安心して任せておけると考えて、鍛冶の町フォージングへ戻ることにした。寝室にヴァイスたちを迎えに行って、そのままフォージングへ跳ぶのだった。

5　鑑定

フォージングに戻ったタクマたちは、さっそく町を歩き、他に孤児がいないか見て回った。

何名かの孤児を見つけたが、その子たちはタクマと一緒に来ることはなかった。タクマの元に来るように言ってみたのだが、全く話を聞こうとはしなかったのだ。

（うーん、初対面の人に頼るのはやはり怖いか……）

孤児たちを保護するのを断念したタクマは、興味があったら訪ねてくるようにと告げ、宿へと戻ることにした。助けたいと思っても、すべてを助けることはできないようだ。

部屋に入りゆったりとしていると、コラルから連絡が入った。部屋に結界と遮音《しゃおん》を行使して応答する。

「タクマ殿。いま良いだろうか？」

「ええ、ちょうど宿に戻ってきたところです。どうかしましたか？」

「うむ、アークスからの伝言なんだが、遠話のカードかそれに類《るい》する魔道具を手に入れてほしいそうだ。連絡手段を整備しておきたいらしい」

「魔道具ですか……分かりました、早急に対応します。わざわざ伝言をありがとうございます」

「気にするな。だが、空間跳躍が使えるなら、なるべく屋敷に帰ってくることも考えたほうが良くはないか？」

コラルはそう助言をくれたが、タクマは少し違うことを考えていた。

「確かにそちらに帰れば安全だし子供の様子も見られるから良いのでしょうが、その間に私の元に孤児が訪ねてきた場合、対応ができません。頻繁に戻るようにしますが、アムスが抱えている孤児の問題が解決するまでは旅先で寝泊まりします」

「そうか。そこまで考えていたのか。余計なことを言ってしまったな。忘れてくれ。だが、君は孤児たちの親代わりでもあるのだ。危険なことはなるべく避けるんだぞ」

「はい。ありがとうございます。肝《きも》に銘《めい》じます」

コラルとの遠話を終え、とりあえずひと仕事終えたタクマはゆっくりとすることにした。部屋から動かずに夕食を運んでもらって、食後は各々自由に過ごす。

タクマは、アムスに向かう道中で潰した犯罪集団が持っていた魔道具を調べることにした。テーブルの上に魔道具を取り出し、一つひとつ鑑定をかけて振り分けていく。

単純な魔導《まどう》ランプや、着火の魔道具などはそのままアイテムボックスに送っておき、貴重そうな四つの魔道具を詳しく鑑定していく。

最初に調べたのは地球にもある道具だが、まさか異世界で実物を見ることになるとは思っていない、物騒《ぶっそう》なものだった。


『魔導銃（神具《しんぐ》）』

異世界の武器を元にヴェルド様が作った銃。ただ、弾を込める必要はなく、各属性の魔法を自由に収束、射出する。威力は使用者の魔力に依存。

使用権限：タクマ・サトウ。

「おいおい……いきなりヤバい武器が出てきたな。何で犯罪集団ごときが、こんな銃を持っていたんだ？　しかも権限が俺になってるし」

ナビが現れ、タクマに告げる。

「おそらくですが、マスターが犯罪集団を潰したときにヴェルド様が送られたのでは？　じゃないと、権限が初めからマスターに付いているのは不自然ですし」

「そうか。これはあとで聞かないといけないな。今夜あたり呼ばれそうな気もするが……」

気を取り直して、タクマは残りの魔道具を鑑定していく。


『守りのピアス（レア）』

一度だけ即死級の攻撃を無効化できる。


『転移の指輪（レア）』

一度だけ転移ができる。ただし移動先はランダム。


『魔除《まよ》けのランプ（レア）』

ランプを起動させると、半径10ｍにモンスターが寄ってこない。魔力充填《じゅうてん》による再使用可。

（使ったらヤバそうな物もあるが、おおむね貴重品程度だな。あの集団、貴族でも襲ってたのかな？）

思った以上に良さそうな物もあったので、潰した甲斐《かい》もあったと感じた。鑑定を終了したタクマは、すでに夢の世界に行っているヴァイスたちの横に移動して眠りに就いた。

タクマが目を瞑《つむ》って数分経つと、意識がいつものところへと誘われていく。そして、覚醒すると、いつもの通りヴェルド様が微笑《ほほえ》んでいるのが分かった。

「こんばんは、タクマさん。お元気そうですね」

「お久しぶりです。おかげさまで楽しく過ごしていますよ」

「私の頼みをやっていただいている最中なのに、楽しめているのですか？　私は申し訳なく思っているのですが……」

「頼み事は頼み事ですよ。それに孤児たちを救うことは、俺のライフワークになりそうですね。孤児たちの目が希望に染まるのを見るのを嬉しく感じています」

「そうですか。タクマさんもそう思えるようになったのですね」

「ええ、おかげさまで成長できているようです。それよりも聞きたいことがあ……」

「魔導銃のことですよね。タクマさんも予想している通り、私が犯罪集団の宝物庫に送りました。疑問に思うでしょうが、ちゃんと理由があります。タクマさんはヴァイスたちと連携を取るときに、魔法を抑えていますよね？」

ヴェルド様の言葉にピクリと反応する。

「おそらく、魔法の調整が少し甘いのを気にしていますね？　あの魔導銃は魔力が収束するのを補助してくれるんです。魔導銃を使えば魔法の調整が自然と上達しますから」

「お見通しですか……ありがとうございます。きちんと魔法を使いこなせるように頑張ります」

「ええ、頑張ってくださいね。それと、次の町で良い出会いがあるでしょうから、楽しみにしていてください」

ヴェルド様はいたずらっ子のような笑みを浮かべると、タクマを見送ってくれるのだった。

6　異世界商店と新たな町へ

いつも通りヴァイスたちに起こされたタクマは、異世界商店のグレードアップを確認することにした。

今までは地球の商品だけしか買えなかったのだが、グレードアップをしたことでヴェルドミールの商品も手に入れられるようになったのだ。ちなみに異世界商店がグレードアップしたのは、ヴァイスたちと挑んだダンジョン制覇の報酬《ほうしゅう》である。

品ぞろえに関しては、魔道具、武器、防具、ポーションなどが新しく表示されている。まずは武器から見ていくと、使い方に困るようなものも買えることが分かった。

霊刀《れいとう》、神剣《しんけん》、妖刀《ようとう》、宝剣《ほうけん》などが羅列《られつ》されていたのである。

（霊刀？　持ってるだけで絡まれるな。神剣？　あほか！　これ以上チートになるのはご免だ。魔剣……は目立たないものもあるか。あとは数打《かずう》ちの剣か、これはピンキリだけど良いものでも悪目立ちはしなそうだな）

武器だけを見てみたが、ヤバいものまで普通に買えてしまうようだ。防具のほうもヤバいものから普通のものまで網羅《もうら》されていた。

（武器と防具はいったん置いておこう、まずアークスに求められていた魔道具をっと）

魔道具のページを見てみると、武器や防具と同じくヤバいものが盛りだくさんであったが、必要な通信系の魔道具を探していく。

すると遠話のピアスというアイテムが目に留まり、割と手に入りやすいもののようだった。これなら場所も取らないし、常に身につけられるので便利そうだ。このピアスを買うことにして、今の残高では足りないので多めに１０００万Gをチャージしておく。

［チャージ金］　　：１０１３万１４５０G
［カート内］
・遠話のピアス（二個一組）　　：５００万G

・ピアッサー　　　　　　　　　　：　１５００Ｇ
［合計］　　　　　　　　　　　　：５００万１５００Ｇ

決済してアイテムボックスに送った。

さっそくピアッサーを一個取り出すと、タクマは自分の耳にピアスホールを作る。そして、仕上げにヒールをかけた。

（あっちの世界じゃ消毒やらで時間がかかるけど、流石異世界）

上手くできたピアスホールをさすりながらヒールの便利さに感心しつつ、多少の出血があったのでクリアをかけておいた。

渡すのは早いほうが良いだろうと思ったタクマは、自宅の執務室へ跳んだ。アークスが驚いた顔でタクマを見ていた。

「おはようアークス。驚かせて悪いな」

「い、いえ、問題ありません。早朝からいかがなさいましたか？」

「ああ。通信用の魔道具を仕入れて持ってきたんだよ。早いほうが良いだろうと思ってな」

そう言ってアイテムボックスからピアスを取り出し、一個だけアークスに渡す。

「これは、どうするのですか？」

「遠話のピアスだ。こうやって耳に装着するんだ」

タクマは残りのピアスを自分の耳に装着した。

「耳に穴を開けるのですね。針で開けるのですか？」

「いや、これを使ってくれ」

アイテムボックスからピアッサーを取り出し、アークスに見せる。使い方が分からないようなので、タクマがやってやることにした。穴を開けたあとはヒールとクリアをかけてやる。

「その穴にピアスを通してっと」

タクマは遠話のピアスをアークスに装着してやった。それからアークスを部屋に待たせて、廊下へ出る。声が聞こえないところまで離れると、ピアスに魔力を流して話しかけた。

「アークス。聞こえているか」

「あ！　聞こえます」

「そうか。じゃあ問題ないな。今後何かあったら、ピアスに魔力を流して話しかけてくれ」

「分かりました。お早い対応をありがとうございます」

「ああ、じゃあ俺はこのまま戻るから、あとは頼む」

再びフォージングに戻ってきたタクマは、宿をチェックアウトした。アムスの別の町も見てみることにしたのである。

タクマはヴァイスを始めとする相棒たちに話しかける。

「さて、また旅の始まりだ。楽しんでいこうな」

「アウン！（はーい！）」

ヴァイスはタクマと一緒に旅ができるのが嬉しいようだ。尻尾《しっぽ》が豪快に振られている。

「ミアー！（楽しみー！）」

ゲールは旅先で何が起こるかに思いを馳せ、興奮しているようだ。

「ピュイー（ご主人様も楽しみましょう）」

アフダルは飛び回って嬉しそうにしている。

「キキキ！（敵は倒すよー）」

ネーロは、自分たちに降りかかるであろう災難を吹き飛ばしてやると息巻いている。守護獣《しゅごじゅう》たちの個性がしっかりとしてきたことを、タクマは頼もしいと思い、思わず笑みを浮かべるのだった。

ほのぼのとした雰囲気の中、タクマたちは町を出る手続きを済ませ街道を歩きだした。

◇　◇　◇

しばらく歩いて人通りが少なくなったところで、小さくなってもらっていたヴァイスたちを元の姿に戻らせる。タクマはバイクを取り出し、街道を外れて速いペースで移動を始める。二時間ほど移動すると、山脈の麓《ふもと》に湖を見つけたので、そこでみんなを遊ばせることにした。

「今日はここで野営《やえい》をするから、好きに遊んでおいで。ただし、単独でいてはダメだぞ」

「アウン（じゃあ、アフダルと狩りしてくるねー）」

「ミアー（僕はネーロと水遊びと、魚獲るー）」

「ピュイー（フォローはお任せください）」

「キキキ！（たくさん獲るよー！）」

各々が行動を開始したので、タクマはテントとテーブルを取り出し野営の準備を始めた。とはいえまだ食事には早いので、椅子《いす》に座ってコーヒーを淹《い》れる。ヴァイスたちの様子を気配察知でしっかりと確認しながらふと思う。

「やはりヴァイスたちは自然が好きなんだよな。子供たちが増えてきたら、町の外に広い土地をもらって、そこでのんびりと暮らすっていうのもいいな。まあ、それをやるためにはいろいろと必要になるけど、何とかなるだろう」

タクマの周囲を飛んでいたナビがタクマの呟きに応える。

「そうですね。マスターなら、どこでも住む土台を作れますから、それもありですね。子供たちにとっても自然に触れるのは良いことですし」

「今はトラウマを抱えているような子はいないが、今後は出てくるかもしれない。そういう子は、適度に自然と触れ合う必要があるからな。だからといって人と離れすぎるのも良くないし……考えることはたくさんあるな」

遊び回るヴァイスたちを微笑ましく見ながら、自分と家族の行く末を思うタクマだった。

7　空腹な出会い

フォージングを出発したタクマたちは、順調に次の町を目指して進んでいた。

もっと早く目的地に向かうこともできるのだが、急ぐ必要もなかったので、寄り道をしながらの移動である。

フォージングから次の町までは、途中に目ぼしい集落がないうえに相当な距離がある。タクマたちは野営をしつつ、景色の良い場所に寄りながら旅していた。

今タクマたちが野営をしているのは、フォージングから四日ほど移動した場所で、美しい山々に囲まれた渓谷《けいこく》だ。タクマがテントとテーブルを準備すると、ヴァイスたちは狩りに出掛けていった。

残された彼は、せっせと食事の準備を行《おこな》う。

「さて、こんなもんかな？」

育ち盛りのヴァイスたちのためにたくさんの食事を作った。あまり手のかかるものは作っていないが、ヴァイスたちが満足できるように、スープ、ステーキ、サラダ、フルーツを用意してある。

まだ戻ってくる様子はないので、タクマは椅子に座ってひと息ついた。

のんびりし始めたところで、こちらを窺っているような気配を感じた。

（さて、さっきから離れたところからこっちを見ているが、何か用なのか？　気配に敵意や殺気はないから危険ではないんだろうけど……）

（マスター、とりあえず接触してみたらどうでしょうか？）

（そうしようか）

ナビに念話で返答してからタクマは立ち上がり、こちらを窺っている気配の真後ろへ空間跳躍を行った。そうして背後から気配の主《ぬし》に話しかける。

「何か用かな？」

「!!」

目の前のタクマが消えたと思ったら真後ろから話しかけられたため、その存在は飛び上がって驚いた。

「キュル!?」

そこにいたのは、ファンタジーのお約束であるドラゴンだった。

まだ幼いらしく、体長は50cm《センチメートル》に満たないくらいである。

（ちっちゃいのに、ひとりでこんなところにいるなんて、迷子なのか？）

（分かりませんが、小さくてもドラゴンですよ？　少しは警戒してくださいね）

（ああ、すまん。そうだな）

ナビに注意されたタクマは、警戒しつつ問いかけてみる。

「どうした？　俺のことを見ていただろう？　何か用があるんじゃないのか？」

「キュル……キュキュ」

「うん……分からんな」

意思の疎通に苦労していると、ドラゴンのお腹から可愛い音が響いた。

グゥー。

「ああ……腹が減っているのか」

脱力しつつ、ナビに念話を送る。

（どうする？　こいつ腹が減ってるだけのようだぞ？）

（そうですね。危険はないようです。どうしてここにいるのか分かりませんが、とりあえず食事を与えてみたらどうでしょうか？）

（そうだな。一緒にご飯を食べるかどうか誘ってみるか）

タクマは小さなドラゴンに向き合う。

「なあ？　腹が減っているなら来るか？」

「キュル？　キュー！」

どうやら、「本当？　食べる！」的な返事をしたらしい。ドラゴンへ両手を差し出してみると、大人しく抱かせてくれた。硬く丈夫な鱗《うろこ》に覆われているものの、気持ちの良い触り心地だった。

抱き上げたまま野営地へ戻ると、ヴァイスたちが獲物をゲットして戻ってきていた。ヴァイスたちにクリアをかけてやったあと、ドラゴンと話してもらうことにした。

「すまんが、この子がひとりでこっちを見ていて、腹が減っていそうだから連れてきたんだ。だが、話が通じない。ちょっと聞いてみてくれないか？」

「アウン！（分かったー！）」

「ミアー（話してみるー）」

「ピュイー（お任せください）」

「キキ！（任せてー！）」

ドラゴンをヴァイスたちに任せたタクマは、ドラゴンの分の食事もテーブルに用意した。しばらくすると話が終わったらしく、ヴァイスが代表して報告に来てくれた。

「アウン。アン、アン（父ちゃん、迷子だってー。何か獣追いかけてたら、見たことないとこに来ちゃって。お腹減ってたんだって）」

「やっぱり迷子か。で、棲《す》んでいるところは聞けたか？」

「アン、アウン（えっとねー、母ちゃんと一緒に棲んでて、火の山みたい）」

「火の山？　火山か何かか？」

「アウン（何か、赤い水が燃えてるとこだって）」

「そうか、大体分かった。まずは、みんなを呼んでご飯にしよう」

ヴァイスがみんなを呼びに行き、戻ってくると食事が始まった。ドラゴンの子はよほどお腹が空いていたらしく貪《むさぼ》るように食べている。一時間ほどで食事は終わり、ヴァイスはいつも通り食後は寝てしまったので、アフダルに通訳をしてもらいながらドラゴンの子と話をした。

「狩りの練習をしていたら、行ったことのない場所まで獲物を追っていたのか」

「キュル……」

「ピュイー（迷子になってから食事もとれなくて困っていたら、人間がご飯を作っているのを見かけて、見入ってしまったようです）」

「なるほど。とりあえず、親は心配しているだろうし連れてってやるか」

「キュル？」

「ピュイー（帰れるの？　だそうです）」

タクマはドラゴンの子を安心させてやるように撫でながら「大丈夫だ」と言ってやった。するとドラゴンの子は、張り詰めた糸が切れたように泣き出してしまう。

タクマはドラゴンの子を抱き上げてあやしてやりながら、スマホを起動する。

火山地帯で、母竜のような大きな気配がないか検索すると、一件だけヒットした。そこは、タクマたちの移動速度でも五日ほどかかる場所だった。大きな気配は、火山の周辺をひっきりなしに飛んで子供を捜しているようだった。

（あー、これは相当心配しているな。どうするかな。このまま連れていったら戦闘になりかねん）

飛び回る気配にタクマが頭を抱えていると、ナビが助言してくる。

（ドラゴンといえば、あの方に力を貸してもらったらどうでしょうか？）

（あの方？　……ああ、エネルか）

交流のあるドラゴンにエネルがいることを思い出したタクマは、さっそく念話を送ってみた。エネルは、ダンジョンで出会ったヴァイスたちの師匠に当たるドラゴンである。

（エネル、エネル聞こえるか？）

（おお、タクマか？　どうしたのだ？）

（上手くいったようだな。実はドラゴンの子が迷子になっていて保護したんだが、親を検索したらかなり捜し回っているようなんだ。このまま連れていくと誤解されて、戦闘になる可能性がありそうなんだけど、何とかならんか？）

（ちょっと待て……そのドラゴンは火山に棲んでいる者か？）

（分かるのか？）

（ああ、人里に近いところに棲んでいるドラゴンは把握している。お主らがいる場所から一番近くにいるのは、火山に棲み着いているあの者しかおらん。ではこちらから連絡をしておくので、ドラゴンの子を送っていってくれるか？）

（ああ、余裕を見て六日くらいで送っていけるから、そう伝えてもらえるか？）

伝言を快く引き受けてくれたエネルは、そのまま念話を切った。

「さて、お前の棲んでいるところは分かったから、家まで一緒に行こう」

「キュル！」

「ピュイー（ありがとうだそうです）」

ドラゴンの子は家に帰れると分かり、嬉しそうな声を上げて喜んだ。

明日からドラゴンの子を送るために移動を開始すると決めたタクマは、早めにテントへと入るのだった。

8　受け渡し

ドラゴンの子を保護して送ることにしたタクマたちは、火山へ向けて移動をしていた。

その間、ドラゴンの子の面倒を一番見ていたのはヴァイスだった。警戒心がなく興味を持ったものに平気で近づいてしまうドラゴンの子を窘《たしな》め、兄貴みたいになっていた。

「ヴァイスは良い兄貴になったな」

「アウン！（兄ちゃんだから面倒見るの！）」

「そうか。怪我させせないように頼むな」

「アウン！（うん！）」

他の三匹はヴァイスの代わりに周りの警戒をし、ドラゴンの子が危険な目に遭わないよう気を使ってくれていたので、ヴァイスと同じように褒めてやった。

（うん、うちの子たちは皆優しく育っているな）

タクマは自分の家族を誇らしく思った。そんなふうにして進んでいると、予定よりも早く目的の火山の手前までたどり着いた。

気配察知で親ドラゴンの位置を確認すると、火山の中腹くらいに留《とど》まっているらしく動きがない。エネルから連絡が行き、落ち着いてくれたのかもしれない。

この日は、夕方に差しかかっていたので、子ドラゴンを届けるのは明日に持ち越すことにした。

しかし、テントとテーブルを設営し食事の準備をしていると、火山のほうから大きな気配が向かってきた。

「お、親が迎えに来たみたいだな」

「キュイ？」

本当？　みたいな表情をしてタクマを見ていたドラゴンの子だったが、すぐに親の気配に気づいたようだ。

タクマたちの目の前に着地したそれは、相当な大きさのドラゴンだった。

『貴様ー！　我が子をどうするつもりだ！』

タクマの胸に抱かれた自分の子を目にした親ドラゴンは、いきなり殺気を出しながらタクマに食ってかかってきた。

「落ち着け！　俺たちはこの子を送ってきただけで、危害を加える気はない！」

タクマはドラゴンの子を地面に降ろして、親のところへ行くように促す。子ドラゴンはポテポテと無事に親の許《もと》へとたどり着くが、親ドラゴンの怒りは収まらない。どうやらエネルからの連絡は上手くいってなかったようだ。

『愚《おろ》かな人間め！　子を返せば済むという問題ではないわ！　償《つぐな》いはしてもらうぞ』

親ドラゴンは炎の壁を作って子ドラゴンを隠すと、すぐさまタクマたちに攻撃を仕掛けてきた。

親ドラゴンの大きな尻尾がタクマたちを潰そうと襲いかかる。タクマは素早く攻撃を避けると、説得を試みた。

「待ってくれ！　俺たちに戦いの意思はない！」

『うるさい！　野蛮《やばん》な人間め！　そうやって油断をさせておいて、我を攻撃しようというのだろう！』

親ドラゴンは怒りのあまり我を忘れているようだ。

タクマは親ドラゴンの攻撃を避けながら考えを巡らすが、流石に怒ったドラゴン相手では、避けるのに専念しなければ攻撃を受けてしまう。

「チッ、仕方ない。みんな！　ちょっと対応を考えるから、あのドラゴンの相手をしててくれ。いいか？　絶対に怪我をさせるなよ！」

(((了解)))

ヴァイスたちはタクマの指示を受け、魔力を解放した。これは、自分たちに注意を引き付けるためと、自らの身体強化を行うためだ。

大きな力を感じた親ドラゴンは、タクマから意識を引き離し、ヴァイスたちに目を向ける。

『忌々《いまいま》しい獣どもめ！　人間を倒す前に貴様らを圧倒してくれる！』

親ドラゴンはそう言うと、ヴァイスたちとの戦闘を開始した。

ヴァイスたちの動きはとても素晴らしいものだった。自分よりも大きな相手に、速度で対抗して翻弄《ほんろう》していたのだ。

ヴァイスは自ら正面に立って親ドラゴンを牽制《けんせい》し、ゲール、ネーロ、アフダルはそれに合わせて親ドラゴンにプレッシャーをかけていた。しかも、親ドラゴンを傷つけないように、かなり手加減をしているようだ。本来、手加減のできるような相手ではないのだが、上手く親ドラゴンの気を引いてくれている。

「修業の成果がすごいな。ドラゴン相手でも全く引けを取っていない」

タクマがヴァイスたちの動きに感心していると、ナビが話しかけてくる。

「マスター。いくらヴァイスたちの動きが素晴らしいといっても、自分たちから攻撃はできないのです。体力もしっかりと付いているでしょうが、早めに解決策を講じるのが良いかと思います」

「確かにそうだな……だが、俺がドラゴンを止めようと思ったら、怪我をさせてしまうだろうし……伝言を頼んだエネルに話を聞いてから、どうするか判断するか」

そう言ってタクマはエネルと念話を繋ぐ。

（エネル、聞こえるか？）

タクマが呼びかけると、エネルはすぐに返事をしてくれた。

（タクマか。どうしたのだ？）

（この前頼んだドラゴンへの伝言はやってくれたのか？　子ドラゴンを送ってきたら問答無用《もんどうむよう》で攻撃されているんだが……）

エネルによると、しっかりと伝えたのだが、怒りのために理性を失っているのだろうとのことだった。タクマは自分たちの現状をエネルに話し、手助けを求める。

（今はヴァイスたちに抑えてもらっているけれど、本気で抗《あらが》おうとすればドラゴンが傷ついてしまう。どうにかエネルのほうで説得できないか？）

タクマは穏便な方法で事を収めたいと考えていたが、エネルから返ってきた言葉はあっさりとしたものだった。

（タクマの力の本質を見られぬほどに興奮しているのなら、当分は収まらんよ）

（じゃあ、倒すしか方法はないのか？　できればそれはしたくないんだが……）

流石に子ドラゴンが見ている前で、親ドラゴンを倒すようなことはしたくない。

（だったら儂《わし》が赴《おもむ》こうではないか。お前らは力の使い方を覚えただけで、それに慣れるまでは加減も難しかろう。少し待っているが良い）

そう言うと、エネルは念話を切った。

「まさか、エネル直々に来るつもりか？」

ともかくタクマは、ヴァイスたちとともに親ドラゴンを抑え込むことにした。タクマも戦線に加わって親ドラゴンにダメージを与えないようにしながらも動きを抑えていく。

「アウン？（父ちゃん、何か良い方法は？）」

ヴァイスは器用に攻撃を避けながら、タクマに聞く。

「もう少しこのまま牽制してくれ！　エネルと連絡を取ったら、待ってろと言っていたからな」

しばらく膠着《こうちゃく》状態が続いていたが、やがてエネルのいるダンジョンの方向から気配を感じた。それは凄まじい勢いでタクマたちのほうへ向かってくる。気配の主は予想通りエネルだった。あっという間にタクマのところまで飛んできたエネルは、親ドラゴンの目の前に降り立つ。そして両手を突き出し、親ドラゴンの手を掴んで押さえつけた。

『久しいな、火竜《かりゅう》。儂のことが分かるか？』

エネルは穏やかに語りかけるが、親ドラゴンは我を忘れてしまっていた。ヴァイスたちの牽制によってさらに怒りを増幅させたようだ。

『うるさい！　邪魔をするならお前も倒す！』

親ドラゴンはエネルの言葉に耳を貸すことなく、合わせた手を潰そうと力を入れる。タクマたちは邪魔になってしまうと考えて、その場を離れた。

『ほほう……儂を倒すとな？　やってみてはどうだ？　このエネル、まだまだお前に負けるつもりはないがな』

エネルはそう言うと、力比べをしたまま親ドラゴンに頭突きをかます。

『グア！』

意表を突いた頭突きは親ドラゴンにクリーンヒットし、その巨体を仰《の》け反らせた。

『どうしたのだ？　そんなものか？』

『グルウアーーーー！』

言葉を話す余裕もなくなった親ドラゴンは、本能のままに頭突きや蹴りを繰り返し、尻尾を叩きつけてくる。だが、どれもエネルに受け流されて反撃を受けるばかりだった。

そんなことを15分ほど繰り返すと、親ドラゴンは徐々に消耗《しょうもう》して動きが悪くなってきた。しかし戦意は喪失しておらず、果敢にエネルへ攻撃を仕掛ける。それは決して格好良い戦い方ではなかったが、エネルを驚かせることはできた。

親ドラゴンはエネルと組み合ったかと思うと、そのまま首に噛み付いてぶん投げた。エネルは地面に叩き付けられながら森を破壊していく。それを見ていたタクマは思わず呟いた。

「まじか……怪獣大戦争だな……」

竜同士の凄《すさ》まじい戦いを目の当たりにしてドン引きするタクマたち。

その後も親ドラゴンは、エネルに対して果敢に挑んでいたが、流石に地力の差が出てきた。親ドラゴンの体力も限界のようで、ついに動きが止まる。

『どら……そろそろ正気に戻すきっかけを作れそうだな』

親ドラゴンを突き飛ばすように押したエネルは、同時に膨大な魔力を練り上げる。そしてタクマに、親ドラゴンを大きめな結界で覆うように指示を出した。

タクマは言われた通りに親ドラゴンに結界を張る。ただし、エネルの魔法が干渉できるようにイメージした結界だ。

エネルは、凍るギリギリの温度の水で、結界内を満たしていった。

『これでしばらく頭を冷やすが良かろう。タクマ。こ奴から敵意が消えた時点で結界を解除してやるが良い。儂も久々に遊べたし、帰らせてもらう』

エネルはそう言って颯爽《さっそう》と帰っていってしまった。タクマは慌てて念話でお礼を伝えるが、エネルは困ったらいつでも言うようにと応えるだけだった。


それから30分後。結界内の親ドラゴンから敵意が消え、冷静な声が聞こえてきた。

『我の負けだ。お前らとは敵対しない。だからこの結界を解いてはくれないか？』

落ち着きを取り戻した親ドラゴンがタクマに語りかける。タクマがすぐに結界を解いてやると、親ドラゴンは大きな体を震わせていた。親ドラゴンが体温を取り戻すまで待ってから、話を聞くことにした。

『人の子よ。我を忘れて襲ってしまい申し訳なかった』

親ドラゴンが深く頭を下げて謝罪してくる。

「まあ、子を守るために怒っていたのだから仕方ないさ。こちらに被害はないし、手打ちにしよう」

タクマはそう言って親ドラゴンと和解する。

『そう言ってもらえるとありがたい。そういえば名乗ってさえいなかったな。我は火竜リンド。この子はジュードだ。ジュードを連れてきてくれて本当に感謝する』

「俺はタクマ・サトウだ。気にしなくても大丈夫だ。通り道だったしな。それよりも、子供だけで狩りの練習をさせておくのは感心しないな。せめて位置くらいは把握しておかないと。強欲《ごうよく》な人間に捕まっていたら、生きて帰ってきていなかったかもしれない」

『う、すまぬ。いつもはしっかりと気配を掴んでいるのだが……』

リンドが素直に自分のミスを認めたので、タクマはこれ以上注意するのはやめた。ジュードはというえば、リンドに抱き着いて離れなかった。

『お前もタクマ殿にお礼を言うのだ』

「キュル！」

小さい体を折り曲げて感謝を示すジュード。そんな可愛らしい姿にタクマはほっこりとした気分になった。

「しかし、その大きさだとちょっと話しづらいな」

『そうか。ではこれでどうだ？』

リンドの体を光が包むと、２ｍくらいまで小さくなった。

『これで良いか？』

「ああ、ちょうど良いな。ところで、俺たちはこれから飯を作るんだが一緒にどうだ？」

せっかくなので食事に誘ってみたところ、快諾してくれた。準備の間、ヴァイスたちと待ってもらう。きっとたくさん食べるだろうと考えて、大量の料理を作ってテーブルに並べていく。買い溜めてある串焼きやサンドイッチ、そしてタクマが作ったステーキやスープなどを用意した。

準備が整い、みんな集合したところで食事を開始した。食事の間も会話が弾み、楽しい時間を過ごした。

食後、片付けを済ませたタクマは、ヴァイスたちとジュードをテントの中に寝かせてから、リンドと話し始めた。

「それにしても、どうして子供から目を離してしまったんだ？」

『うむ。狩りの練習を始めるまでは気配を感知できていたのだが、ある地点でぷっつりと気配が消えてしまったのだ。すぐに捜したが、気配を感知できる範囲を離れてしまったようで居場所が分からなかった』

「なるほど。だからあんなに右往左往していたのか」

『ん？　タクマ殿は我の気配を遠くから感知していたのか？』

「ああ、俺は距離は関係なく、気配が分かるからな」

『そうか……』

リンドはジュードが戻り安心したようだ。また、タクマとこうして話しているうちに、何か考えついたらしい。

『これからあの子は巣立ちをするのだが、今までの子たちとは違い成長が遅いのだ。このままだと力不足のまま巣立つことになってしまう』

リンドが言うには、竜の掟《おきて》で、成長してもしなくても巣立ちの時期は決まっており、このままでは危険な状態で巣立ちをさせないといけないのだそうだ。

『タクマ殿の家族は、すべて神に連なりし者たちだな？』

「……ああ。確かに皆、神に関係した子たちだ」

『やはりな。そこで頼みがあるのだが……』

「……あまり聞きたくはないけど何だ？」

『タクマ殿にあの子を預かってほしいのだ』

「……」

『あの子もタクマ殿やヴァイス殿たちに懐いているし、何より安全であろう。どうかお願いできないだろうか？』

「その前に一つ確認したい。俺らに付いてくれれば、必ず厄介事に巻き込まれることになるが良いのか？　ましてやジュードはドラゴンだ」

タクマは自分といればいろいろな厄介事が起こると自覚していた。異世界に飛ばされて反則的な力を得たうえに、ヴェルドミールの神とも繋がっているのだ。何もないというのが無理である。

『確かにそれでは普通の生活は無理か……では、あの子にはタクマ殿かヴァイス殿たちから離れないように厳命する。どうか頼めないだろうか？』

リンドは巣立ち後のジュードがどうしても心配らしく、タクマにジュードを託したいと懇願した。普通、人間に託すことは絶対にしないが、タクマは人間の枠を超えた者だ。安心して任せることができる。

（どう思う？）

（マスターがしたいようになされれば良いと思います。幸い、ジュードはヴァイスたちにも懐いていますし、離れなければ大丈夫でしょう）

ナビと相談したタクマは、今回の話を受けることに決めた。

ジュードがしっかりと成長していれば断るところだが、保護したときの危なっかしい様子を考えると、断るという選択はできなかった。まずは自分が預かって守ってやりながら、ヴァイスたちからひとりで生き抜く知恵を学ばせ、自立する選択を自分でさせようと考えた。

「分かった。俺が責任を持って預からせてもらう」

『おお！　そうか。ありがとう。あの子を頼むぞ』

それから遅くまでたわいないことを話しながら過ごすのだった。

9　巣立ち

翌朝。タクマが体を動かしていると、ジュードが出てきて美味しいものが食べたいと言ってきた。通訳してくれたヴァイスも、昨日たくさん動いたので朝からガッツリ食べたいと言う。

「そうか。じゃあ、しっかりとした食事を作るか！」

そう言ってタクマは食事の準備に取りかかる。普通なら朝から肉は重いと感じるが、たくさん動いた翌日だ。体が肉を求めている気がした。

タクマは手早く竈《かまど》を作り、調理器具を取り出し調理を始めた。ガッツリ食べたいというみんなのリクエストに応えるため、朝からカレーを作っているのだ。ライスもしっかりと炊く。カレーにはやはりご飯だろう。

そして今日はさらに豪華に仕上げる。ライスを皿に盛り、そこにキャベツを載せてルーをかける。その上に、オークの肉をカツにして載せたのだ。

調理と盛り付けが終わり、全員の前にカツカレーを配る。ちなみにリンドにもしっかりと用意している。リンドの体の大きさは相当なので、近くの森から木を切り出して特大の皿を作った。

「じゃあ、食べよう。いただきます」

タクマの号令で食事が始まると、ヴァイスたちは美味しそうにカツカレーを食べた。初めてカレーを食べたリンドとジュードは、衝撃を受けているようだ。

「キュル！」

『そうだな。かなり辛い食べ物だけど、不思議と食が進む』

どうやらリンドとジュードはカレーが口に合うらしく、アッという間に食べきってしまった。食べ終わったジュードがタクマのところに来て何かを伝えてくる。

「キュッ！　キュル、キュルー！」

タクマが困っていると、リンドが通訳をしてくれた。

『こんなおいしい食べ物は初めてだそうだ』

「それなら良かった。じゃあ、また機会があったら作ろうな」

タクマはそう言って笑いながらジュードを撫でた。それからタクマとリンドは話をする。

「そう言えば、リンドの話し方はそれが普通なのか？」

『ん？　何か変か？』

「変ではないが、母親っていうか女性の口調と考えると、違和感があるな」

『これはエネル様に教えてもらった話し方でな。ドラゴンは威厳がないといけないからと教えてもらったのだ。普段は違うぞ』

「そうか。ジュードと二人きりのときにその話し方じゃ疲れるよな」

『タクマ殿なら良いか。私も、教わった話し方は疲れるからやめるわ。普段の私は、こんな感じでもっと砕けてるのよ』

リンドが固い話し方をしていたのは威厳を保つためだったようだ。砕けた口調に変わると、思った以上に優しい雰囲気があった。

タクマは他にも気になったことを聞くことにした。それはドラゴンの生態についてだ。

「ドラゴンというのは群れで生きてるんじゃないのか？」

『それは個体によるわね。私のような火竜は基本的に単独で行動しているわ。子作りのときはオスと生活するんだけど、子供が生まれると自分の縄張りに戻っていくわね。そしてメスは子供が生まれて巣立つまで面倒見るの。子供は巣立ったあとは、単独で生きていかなければならないわ。私たちの個体数が少ないのはそのせいなの。要は成長する前にモンスターや獣に殺されたり、人間に捕まったりで数が増えないの。まれに気に入った人間と主従の契約をする場合もあるわね』

「契約？　じゃあ、今回の場合はどうなるんだ？」

『え？　もう契約してるじゃない』

「は？」

『え？』

お互いに顔を見合わせ固まるタクマとリンド。

「契約した覚えはないぞ？　どういうことだ？」

『……もしかして無意識に契約しちゃったのかしら？　ドラゴンとの契約は魔力の繋がりで行われるの。タクマ殿は普段、魔力を抑えてたりする？』

「……ああ、俺の魔力は膨大らしくて、抑えてないと周りを威圧してしまうからな」

『なるほどね。ジュードを保護したときに、無意識で何かしたのかしら』

「何かって……ジュードを保護したあとは飯を食わせてやって、そのあとは寂しがっていたから一緒に寝ただけ……」

『それよ！　普段魔力を抑えていると睡眠時に漏れ出すの。お互いに意識がない状態で、あの子とタクマ殿は、魔力の繋がりを作ってしまったんだわ』

「そうだったのか……無意識で契約してしまったとはいえ、やったことには責任を持たないといけないな。ジュードは俺たちに任せてくれ、ちゃんと守って見せるし、成長させるから」

タクマが託されたジュードに責任を持つとリンドに約束すると、彼女は優しい表情でお礼を言った。

『ありがとう。ジュードは他の子よりものんびりしていたから心配していて……だから、タクマ殿との契約はあの子にとって良かったの。もしかしたら、貴方になら守ってもらえると本能が告げたのかもしれないわね』

「まあ、契約がなくとも、託されたなら責任を持って預かるけどな」

それから少し話をしたあと、ジュードを呼んで親子だけにしてやり、タクマはヴァイスたちと遊んで待つことにした。しばらくそうしていると、しっかりと前を向いたジュードと、それを優しく見ているリンドがやってきた。

『タクマ殿。しっかりと別れを言うことができたわ。この子も、新しい世界を見ることに胸を躍らせているわ』

「そうか。だが、いつでも会いに来られるから心配しなくとも大丈夫だぞ？」

『え？　この辺は危険な生き物も多いし、いつでもは無理じゃない？』

「ああ、確かにこの辺のモンスターや獣は獰猛《どうもう》だが、俺らの敵にはならないな。それにここには、いつでも跳んでこられるから」

空間跳躍が使えるので、いつでもジュードの様子を見せに来ることができる。そう知らされたリンドは、喜びながら自分の棲む火山へと戻っていった。

「さて、ジュード。これからお前は俺たちの家族に加わることになった。一緒に楽しく成長していこうな」

「キュル！（うん、よろしくー！）」

「ん？　言ってることが急に分かるようになった」

「マスターが契約を自覚したことで、ジュードの心が分かるようになったのです」

ナビの説明に納得してジュードのほうを見ると、この先の新しい生活を楽しみにしているのか、目を輝かせていた。ヴァイスたちも快くジュードを迎え入れた。

「じゃあ、旅立つ前にジュードの鑑定をしたいんだけど良いか？」

「キュル！（タクマ兄ちゃんなら良いよー！）」

【名前】：ジュード
【種族】：火竜
【年齢】：3歳
【MP】：60万
【称号】：リンドの寵愛《ちょうあい》、タクマの守護竜
【スキル】：病気無効、毒無効、精神魔法無効、質量操作（極）、念話（極）、立体飛行（極）、爪術（極）、飛行術（極）、身体強化（極）、威嚇（極）、気配察知（極）、索敵（極）、隠密（極）、風魔法（大）、ファイアーブレス（極）、竜魔法（極）

（すごい能力だな。ヴァイスたちと比べてみても遜色《そんしょく》ないぞ）

（マスターとの契約でグレードが上がったのも大きいのでは？）

ジュードが能力的には問題がないことに安心したタクマは、一つだけ話しておくことにした。

「ジュード。これから旅をしていくわけだが、気をつけてほしいことがあるんだ。人間にとってドラゴンはとても珍しい生き物だ。ちょっかいを出してくる奴が出てくるかもしれないが、殺してはだめだ。正当防衛で怪我させるくらいなら問題はないが、やりすぎてしまうととても面倒なことになる。分かったか？」

「キュル！（分かったー！　気をつけるー。お母さんにも、知らない人には付いていかないでって言われたー）」

「そうだ、知らない人に付いていったりすると危険だからな。俺がいないときは、ヴァイスたちといるんだぞ」

「キュルー（はーい）」

ちゃんと分かっているかは疑問だが、良い返事をしていたことに安心したタクマは、出発することにした。

第②章

服飾の町ファッシー

10　町に到着

新たな家族を得たタクマたちは、次の町へ順調に進んでいた。

ジュードはモンスターに興味を示し不用意に近寄ってしまったりしていたが、ヴァイスたちがフォローして事なきを得ていた。

「キュルー！　キュウ！（ねえねえ！　何してるの？　遊ぶー？）」

ジュードは敵味方の区別が曖昧《あいまい》で、モンスターでも警戒心なしに近寄ってしまう。

「アウン！（あ！　また行ってるー！）」

ヴァイスたちが慌ててジュードを下がらせて、近づいてきたモンスターを倒した。


数分後。

ジュードはヴァイスにこってりと説教を食らっている。

ジュードは若干《じゃっかん》涙目でタクマを見ているが、自業自得である。タクマはしばらく様子を見ていたが、ヴァイスの説教が一向に終わらないので、流石に可哀そうになってしまい介入することにした。

「そろそろ許してやりな。ジュードも反省しただろうしな」

「アウン……（父ちゃんがそう言うのなら……）」

「キュルー……（みんなごめんなさい……）」

「ほら、謝ってるし、反省しているようだから。ジュード、何にでも興味を持つのは良いことだ。だけど、モンスター、獣、人間には危険なものも多い。そういうものに近づくときには注意が必要なんだ。モンスターや獣には殺されるかもしれないし、人間に捕まった場合、とっても辛い目に遭わされるかもしれない。だから、興味を持ったときには俺か、ヴァイスたちに聞いてから行動するんだ。分かったか？」

「キュル、キュル……（はーい……次からそうする……）」

「良し！　これで怒るのは終わりだ。もう少しすると町に着くんだから、大人しくしててくれよ」

「アウン！（はーい！）」

「ミアー（分かったー）」

「ピュイー（了解です）」

「キキ！（静かにしてるよー！）」

「キュルー……（はーい……）」

まだ若干凹んでいるジュード以外はしっかりとした返事をしていたので大丈夫だろう。

ヴァイスとゲールは、小さくならずに町に入ることにした。ジュードとネーロは鞄に入ることになった。ジュードは目を離すとどこに行くか分からないため、鞄に入らせ、ネーロにお守《も》り役をお願いしたのだ。まだ町までは一時間ほどかかるのだが、人目に付かないようにするため、早めに準備した。

◇　◇　◇

「ここは服飾の町ファッシーだ。お前たちは何のためにこの町に来た？」

到着早々、門番に高圧的に聞かれたが、タクマは問題を起こさないために平常心で答えることにした。

「俺たちは旅の途中で訪れただけだ。数日泊まって疲れを癒したらすぐに出発するよ」

「そうか。獣を何頭も連れているから警戒してしまった。すまんな。手続きをするから身分証を出してくれるか？」

どうやらヴァイスたちを見て不審に思ったようだが、ヴァイスたちがタクマにすり寄って懐いているのを確認して安心したらしい。門番はホッと息を吐き出していた。ただ、提出したギルドカードを見ると、ビックリした表情でタクマを見た。

「Sランクの冒険者……失礼な態度を取ってしまい、本当に申し訳ありません！」

「ああ、気にしていないから大丈夫だ。そちらも仕事なんだ、仕方がないさ」

タクマがそう言うと、門番は安心した顔で手続きを進めてくれた。

「そういえば、この町にいる間だけ家を借りたいんだが、冒険者ギルドで斡旋《あっせん》してもらえるか分かるか？」

「え？　家？　宿ではなくですか？」

「ああ、ウチの子たちは厩舎《きゅうしゃ》を嫌がるんだ。だから……な」

「な、なるほど。でしたら冒険者ギルドでも斡旋《あっせん》していますが、商業ギルドでやってもらったほうが良いかもしれません」

彼が言うには、冒険者ギルドが扱っている物件はあまり良くないのだそうだ。だから、商業ギルドに頼む人が多いらしい。

「へえ。そうなのか。ありがとう、行ってみるよ」

「いえ、手続きも問題ありませんでした。ようこそ、服飾の町ファッシーへ」

ご丁寧に商業ギルドまでの道も教えてくれた門番は、離れていくタクマを見ながらボソッと呟いた。

「あの獣……領主様が欲しがるんだろうな……Sランクと揉めなければ良いが……」

◇　◇　◇

町に入ったタクマたちは屋台で買い物をし、裏路地などを見ながら商業ギルドへ向かっていた。

やはり人気《ひとけ》のないところには小さい子供の姿や気配が多くあった。

（生産国アムスというのは本当にクズみたいだな……孤児がいるのが見えているはずなのに、見ぬ振りか。しかも、この町にも教会と孤児院がないし）

タクマの考えに、ナビが答える。

（マスター、ヴェルド様の口振りでは、あの方もこの国の有り様を憂えているようでしたね）

（ああ、とりあえず国に対しては何もできないが、出会った孤児だけは助けていくようにしよう。まずは家を借りて、明日から行動を開始しよう）

商業ギルドに到着し、さっそく受付で家のことを聞くことにした。

「いらっしゃいませ。商業ギルドへようこそ。担当させていただく受付のリノです。本日はどんなご用でしょうか？」

「ああ、旅の途中で寄ったんだが、最低で一週間ほど滞在するので家を借りたいんだ」

「なるほど。人数は何名でしょうか？」

「一人と動物が五頭だ」

動物連れで家を借りたいというタクマに訝しげな視線を向ける受付嬢。予算を聞かれたタクマは、いくらでも良いので、綺麗で広い部屋と、ある程度の庭がある家を希望する。すると、治安的にも安全な、商業ギルドの裏にある一軒家を紹介された。

受付嬢に案内され家を見に行くと、部屋数は二部屋で、台所も完備したこぢんまりとした良い家だった。さらに、二部屋とも十畳ほどの広さがあったので即決する。

ギルドへ戻ったタクマたちは契約のために応接室へ案内された。そこで身分証を見せてくれと言われたので提示すると、見る見る受付嬢の顔色が悪くなり、タクマを待たせて退室してしまう。

しばらく待っていると、穏やかそうな顔をした老婦人がやってきた。

「お待たせしてしまい申し訳ありません。私はこの商業ギルドの長でモッコ・クナギです」

「わざわざ、ギルド長が来たんですか？　家を借りたいだけなんですが……」

「ええ、Sランク冒険者様に失礼があってはいけませんので。裏の家を借りるんですよね？」

ギルド長は持ってきた書類をタクマに渡し、確認させた。

「内容には問題ありませんね」

タクマはそのまま書類にサインをして、賃料を支払う。書類と賃料を受付嬢に持たせ退室させたギルド長はおもむろに口を開いた。

「この町には何をしに来たんだい？　あんた、只者《ただもの》じゃないね？」

失礼な言い方だったので、タクマはムッとしてしまった。

「旅の途中で寄っただけですね。それがどうしました？　人を邪魔者みたいに言わないほうが良いのでは？」

「まあ、言いたくないのなら言わなくても良い。ただ、長居はよしな。面倒なことになるかもしれないからね」

「ええ、用事が終われば早々に退散しますよ」

鍵を手渡したギルド長はそのまま部屋から出ていってしまう。残されたタクマたちは、借りた家へと向かうのだった。

11　悪巧《わるだく》み

タクマたちが家を借りている頃、領主邸では門番が報告を行っていた。

「今日の門の出入りは終了しました。問題のありそうな者はおりませんでした」

「そうか。何か目新しい物を持った人間はいなかったか？」

高級そうなソファーに座った男が尋ねる。男の言葉に反応して、門番の指の指輪が怪しく光ると、門番はすらすらと話しだした。

「物ではありませんでしたが、珍しい生き物を連れた冒険者の男がおりました。その者は、狼のような生き物の他、虎や鷹等も連れており、すべてが相当価値のある獣だと思われます」

「ほほう。珍しい獣だと？　その獣を連れていた冒険者はどんな男なのだ？」

「性格は落ち着いた感じでした。ですが、Sランクの冒険者カードを所持していましたので、実力のある者かと。滞在に借家を借りるとのことでしたので、商業ギルドを紹介しました」

「Sランクでも、不意打ちされたらどうしようもないだろう？　そうか、珍しい獣か……フフフ……また社交界での自慢のネタが手に入りそうだな。報告ご苦労、下がって良い」

「はっ！」

部屋を出た門番は使用人たちの部屋に寄ったあと領主邸を出て、歩きながらボソッと呟いた。

「そろそろ痛い目に遭ってくれねえかな、あのクズ領主め。明日にでもあの冒険者には忠告しておくか。あとは、あの方に報告しないとな」


領主邸の一室では、領主がある人物を呼んでいた。黒い服を身に纏《まと》い、面が割れないようにか顔を布で覆っている。ただ、そこから覗く目線はとても鋭いものだった。

「今日は何の用だ？」

「ある人物が町に入った。そいつを消してほしい。ただし、そいつが飼っている獣は殺すな」

「まあ、どんな依頼でも受ければ遂行するのが俺たちだが。相手を殺そうとするってことは、俺だけでなくお前も殺される危険があるってのは分かっているのか？」

「はあ？　貴族であるこの俺を殺せる奴がいるはずないだろう！　お前は俺の命令に従っていればいいのだ！」

「はあー、注意しても無駄か……で？　今度の不幸な人間はどんな奴なんだ？」

領主は門番から聞いた情報を男に伝えていく。Sランクと聞いたところで、布の下で男の顔色が変わっていく。

「まさか俺らにSランクの冒険者を殺せと？」

「そうだ、方法は何でも良い。殺して所持している獣を手に入れろ」

「簡単に言ってくれるな。あんた、Sランクの冒険者がどんな者か知らんのか？　あいつらは人の皮を被った魔王みたいなもんだぞ。そんな奴を殺せってのか？」

男はSランク冒険者に喧嘩を売るリスクを領主に説明するが、領主は分かっていないようだった。

「どうせ、金で買ったSランクだろう。そんな化け物には見えなかったそうだぞ。いいから奴を殺せ！　できないと言うなら、俺が預かっている女と子供はどうなっても良いのだろうな？」

「チッ！　どこまでクズな野郎だ。分かった、命令は実行する。だが、忘れるなよ？　いったん命のやり取りを始めれば、俺だけじゃなくアンタも死ぬ覚悟を持っておくことだ。じゃあ、いつも通り、命令書をくれ」

男は命令書を受け取ると、領主邸から去っていった。一人ソファーで偉そうに座ったままの領主は誰に言うでもなく悪態《あくたい》を吐いた。

「殺すなら殺される覚悟を持てだと？　ふざけたことを言いおって！　黙って俺の言うことを聞いていればいいのだ！　馬鹿者が……」

領主は、冒険者が飼っているという獣たちを手に入れたときの社交界での注目度を想像しながら、そのときを待つことにしたのだった。

領主邸を出た門番は町のはずれの屋敷へ赴いていた。門の前で警備をしている男に挨拶をしたあと、中へと入っていく。屋敷の応接室へ移動した門番は、そこに座っている女性に話しかけた。

「問題が発生しました。またあの領主の悪い癖が出始めました」

「まあ、それは大変ですわね。何があったのかしら？」

「今日町に入った冒険者にちょっかいを出しそうです」

「あらあら。その方はどのような珍品を持っていたのでしょう？」

「はい、珍しい獣を従えておりました。狼、虎、鷹、どれも見たことのない獣でした」

「なるほど、分かりました。しかし、それをあの男に伝えるのは辛かったでしょう？」

「あの真実の指輪さえなければ、言わずに済んだのですが……」

門番は、自分が正直に言うしかなかったことを悔しそうに語るが、女性はそれを責めなかった。

「あの指輪がある限り正直に言うしかなかったでしょう。それよりも、その冒険者の方に警告をしなければなりませんね。今日はもう遅いですし失礼になりますから、明日の朝一番で行ってもらえますか？」

「はい、明日は非番なので問題ありません」

「お願いしますね」

失礼しましたと門番が出ていった応接室で、女性はため息を吐きながらその冒険者のことを考えていた。

「無事にこの町から出られると良いのですが……」

彼女は、これから起こるであろうことを想像し、頭を悩ませるのだった。

◇　◇　◇

借りた家で食事をしていたタクマは、町の中で自分たちに対する悪意と殺意が生まれたことを察知していた。タクマは、この町に入ったときから気配察知をかなりの強さで発動させていたのだ。

タクマが、ヴァイスたちに話しかける。

「みんな、この町に来たばかりだが、どうやら厄介事が生まれたみたいだ。おそらく戦闘になるだろうから気を抜くなよ？　この家はすでに結界を施してあるから出なければ心配ないけど、外に出るときは要注意だ。特にジュード、お前は好奇心旺盛《おうせい》だから本当に注意しろよ？　この町では絶対に俺から離れたらダメだ。分かったな？」

「キュイーー！（分かったーー！）」

「ヴァイスたちは分かってると思うが、俺たちが狙われる理由はここでは一つだけ、お前たちの希少性だ。門番が何者かにヴァイスたちのことを報告したことで悪意が生まれた、と考えるのが普通だろう」

ヴァイスたちも自分たちの希少性は嫌と言うほど分かっているので、真面目にタクマの話を聞いていた。

そして、襲われたときの対処法などを話しながら、寝るまでの時間を過ごすのだった。

12　忠告

翌日、いつも通り早く起きたタクマたちは庭で朝食を食べた。ヴァイスたちを部屋で大人しくさせるのは可哀そうなので外で食べることにしたのだ。ちなみに、外からは中の様子が分からないように、遮音と結界の魔法をかけてある。

そこへ、商業ギルドから移動してくる気配があったので、タクマは門のほうに移動した。やってきた商業ギルドの従業員が声をかけてくる。

「おはようございます。サトウ様」

「こんな早くに何かな?」

「サトウ様にお客様が来ております。住んでいる場所が分からなかったため、ギルドを通してきたようです」

「俺が家を借りることを知ってるのは門番くらいなんだが……ヴァイスたちのことをリークした謝

罪にでも来たのか？」

「あの？　どうしますか？　お会いになられますか？　お会いになるのでしたらお連れしますが……」

タクマは少し考えたあとに、了承して連れてきてもらうことにした。ヴァイスたちには庭で遊んでいてもらって少し待っていると、商業ギルドの使いとともに予想通り昨日の門番が来た。

「お連れしました。では私は戻りますので」

タクマはギルドの女性に感謝を伝え、門番を家の中へ案内する。門番を備え付けのソファーに座らせると、タクマは話を聞くことにした。

「外がうるさいのは許してくれ。まだやんちゃな子ばかりでな。ちゃんと外には音が漏れないようになってるから」

「ええ、問題ありませんが、敷地全体に魔法ですか……流石はSランク……」

「そんな話をしに来たんじゃないだろう？　俺らのことを厄介な奴に話したりでもしたか？」

タクマは駆け引きをせずに、直球な質問を投げかける。

「なぜそれを……」

「分かるのかって？　昨日の夜に、この町で俺たちに対しての敵意と殺意が生まれるのを感じたんだよ。俺が町で商業ギルド以外で接触した人間はアンタだけだ。商業ギルドがこの手の情報を漏らすことはないから、リークしたのはアンタしかいない」

「……」

絶句している門番をスルーして、タクマはさらに畳みかけていく。

「で？　厄介事を発生させたアンタはどこの誰だ？　俺はアンタの名前も知らんぞ」

「え、ええ。名乗りが遅くすみません。私はデイモートと言います」

デイモートは最初のタクマの口撃《こうげき》ですでに呑まれてしまっていた。

忠告に来たつもりだったのだが、意に反してタクマからは警戒されるとともにリークした犯人として敵意まで持たれ、パニックになっていたのである。

「俺たちのことをリークしたのに、ここに来られるなんて良い根性をしているな？　それとも俺などど大したことはないと？」

タクマは挨拶代わりにちょっとだけ威圧をしていく。見る見る顔色が青くなっていくデイモートに対して、タクマはさらに質問をする。

「ここに来た理由と、俺らのことをリークした相手を言ってもらおうか？　もちろんそいつの目的もだ」

「も、も、もちろん、そのつもりで来ましたので正直に言います。ですから、どうか威圧を止めていただけませんか？」

デイモートは耐えきれないらしく、真っ青な顔で懇願してきた。

「……分かった。では話してもらおうか」

デイモートは昨日領主に報告した内容をタクマに包み隠さず話していく。そして領主に付けられた魔道具のせいで、自分は領主に嘘がつけないということを伝えた。最後に、この国を早く出たほうが良いと助言もした。

「なるほど。領主ねぇ、本当にこの国は腐っているみたいだな」

「確かにこの国の貴族や王族は腐っていると思いますが、全員が腐っているわけではないのです。中には……」

「中には良い貴族もいるってか？　そんな貴族、この国で見たことないが？　親のいない不幸な孤児がいるというのに、何もせずにのうのうと良い生活をしてる奴らの何を信じれば良いんだろうな？」

「で、ですが……」

「まあ、今はそんなことを話してるんじゃないしいいや。狙いが俺の相棒たちなのは分かったし、早く町を出るように警告に来てくれたのも分かった。だが、それは無理だ。俺にはこの町でやらないといけないことがあるからな」

タクマは多少の危険があったとしても、この町の孤児たちを救うという目的を中止する気はなかった。

「その、やらないといけないこととは何でしょうか？」

「アンタに言ってもしょうがないだろう。とりあえず俺から言えるのは、売られた喧嘩は買うってことだな。ましてや、俺の家族に手を出すって言ってるんだろ？　だったらアンタがしなくちゃいけないのは、関係ない使用人を避難させることだな。ちょっかい出されるまでは何もしないが、出された時点で領主の館とそこにいる人間は消えることになるぞ。Sランクの冒険者とその連れが戦闘したらどうなるか分かってるのか？」

タクマはわざと脅して、早く戻って準備をするようにデイモートを促した。慌てて席を立って部屋を出ようとしたデイモートは、タクマに報告をし忘れたことがあったのを思い出し振り返る。

「あ、あと一つ。本当の私は門番ではなく、領主邸に潜入しているスパイです。仕えているのは……」

「言わんでいい、めんどくさい。どうせ本当の主《あるじ》に会ってくれとかだろ？」

「はい……私は仲間たちと使用人たちに、何かあった場合は即避難するように言っておきます。どうかサトウ様も気をつけてください」

そう言ってデイモートは帰っていった。タクマはため息を吐きながら、庭で寛《くつろ》いでいるヴァイスたちの許へ向かう。

「みんな、昨日も言ったが、厄介事がやってくるのは決定した。狙いはお前たちだそうだ。もし襲ってきたら、俺の家族に手を出す者がどうなるか、身を以《もっ》て経験してもらおう」

タクマの言葉に、ヴァイスたちは頼もしい反応をする。

「アウン！（やっつけるー！）」

「ミアー（負けないもん！）」

「ピュイー！（家族には手を出させません！）」

「キキキ！（後悔させちゃうぞー！）」

「キュル？（食べちゃう？）」

「いやいや、食ったらだめだろ」

ジュードのボケた答えにタクマがツッコミを入れると、みんな顔を見合わせて笑うのだった。

13　久々に教会へ

早朝から嫌な警告を受け取ったので、タクマは町に出るのをやめておくことにした。

この家には強化された結界と遮音がかけられてあるため、外から中を窺うことはできない。領主が焦《じ》れてくれるのを待ちながら、他のやることを片付けることにした。

タクマは気持ちを切り替えるように、ヴァイスたちに声をかける。

「さて、今日は自宅に戻ってから、教会に行くぞ。みんなもこんなところで不快な気配に晒《さら》されるのは嫌だろうしな。あと俺はいい加減、この前ダンジョンで手に入れた魔道具の指輪をヴェルド様に渡そうと思ってるんだ」

「アウン？（孤児院で遊んでいい？）」

「ミアー（みんなと遊ぶのー）」

「ピュイー（私はご主人さまと行きます）」

「キキキ！（僕も子供と遊ぶー）」

「キュイ？（僕はー？）」

子供と遊びたいと、タクマに付いていきたいで意見が分かれた。

「じゃあ、ヴァイスとゲール、ネーロは孤児院でみんなと遊んでやってくれ。アフダルとジュードは俺と教会に行こう」

今日の行動を決めると、さっそくタクマたちは自宅の執務室へ跳んだ。すると、どうやって察知したのか、すぐにアークスが入室してきた。

「おかえりなさいませ。今日はゆっくりしていかれるのでしょうか？」

「ただいま。今日は夜までいるつもりだが、まずは教会に行きたいんだ。それが終われば戻ってくるよ」

「分かりました。では、夕食の準備はしておきますね。しかし、タクマ様。また増えていませんか？」

「ああ、先に紹介しておくか。ヴァイス、ゲール、アフダル、ネーロ、ジュードだ。みんな俺の家族だから獣扱いは厳禁だ。アークスには理解できないだろうが、この子たちは言葉を理解しているから変なことを言うなよ。ちなみに俺はこの子たちの話を理解できる」

「分かりました。タクマ様の家族として対応させていただきます。ですが……ジュード様はもしや……」

「火竜の子孫だぞ」

タクマがあっさりと答えると、アークスはポカンと口を開けて驚いてしまった。

「まさかドラゴンとは……これは領主様に報告しておかなければなりませんよ。私から使いを出して報告しておきましょう」

アークスが言うには、ドラゴンというのは強大な力を有しているので黙っておくわけにはいかないらしい。

「そうしてくれ。教会が終わったら領主のところに行くとも伝えておいてくれ」

帰宅の挨拶を済ませたタクマは、ヴァイスたちとともに孤児院に徒歩で向かった。

孤児院に到着すると、さっそく子供たちに囲まれてしまう。子供たちにヴァイスたちと遊ぶように言うと、彼らは庭で元気に遊び始めるのだった。

タクマとアフダルとジュードは、従業員に促されて孤児院の応接室へ入った。そこでは、珍しく昼間に孤児院に来ていたシエルが待っていた。

「おかえりなさい、タクマさん」

「ただいま、シスター。まあ、今日は一時帰宅ですがね。どうですか？　子供たちは？」

タクマが連れてきた子供たちの様子を聞くと、彼女は笑顔を見せた。

「ええ、とても元気にやっていますよ。みんなお腹いっぱい食べて、いっぱい遊んでいます。それに、お手伝いもしっかりとしてくれます。元からいた子たちとも仲良くしていますから」

連れてきた子供たちは仲良くやっているようで安心したタクマだが、一つ気になることがあった。

「シスター、子供たちの教育についてはどうなっていますか？」

「今は、６歳以下の子たちは食べて遊んで寝ることを重要視して、学ぶことはさせていません。ですが、それ以上の子たちは、計算、読み書き、常識、礼節などを習っています。毎日お昼から、ご隠居された商人の方や職人さん等が来てくれています」

教育のほうもしっかりと進んでいるようだ。何より、みんな勉強にしっかりと取り組んでいるそうで、タクマは胸を撫でおろした。

そして、タクマが一番嬉しかったのは、子供たちが自分の夢を持つようになったことだ。シエルが言うには、初めはお腹いっぱい食べたい、温かいところで寝たいとしか言わなかった子供たちが、ここで暮らしていくうちに夢を語れるようにまでなっているそうだ。

「タクマさん、子供たちがここまで成長できたのは、あなたが救った成果ですよ」

「いえ、俺はただ……」

「不幸な子供を見たくなかっただけ、ですか？　それで良いじゃないですか。それで救われた子供たちは、みんなあなたのことが大好きです。それにこれからも、救う活動を続けていくそうじゃないですか。もっと誇って良いことだと思いますよ」

シエルに褒められ照れくさくなったタクマは席を立ち、温泉のチェックをすると言って離席した。

そんなタクマを見てシエルはくすりと笑って、近くにいたアフダルとジュードに話しかける。

「ふふふ。タクマさんは不器用ですね……あなたたちもそう思わない？」

「ピュイー」

「キュキュ！」

照れ隠しに風呂場まで逃げてきたタクマだったが、良い機会だったので、本当に風呂のチェックをすることにした。

すると、前には気がつかなかった危険があることが分かった。

(熱い湯の出るところだから手を出さないだろうと思っていたが、これだと子供たちが配管に手を入れてしまう可能性があるな)

地下から湯が沸く場所に、事故対策をしていなかったので、土を格子状にしたものを硬化させ、お湯の出口に融合させた。基本常に湯が出ているので清潔ではあるが、多少の汚れがあったのでクリアをかけておく。

それから浴室全体にもクリアを強めにかけたあと、壁や、天井、床に汚れが付着しないイメージで魔法を放っておいた。

更衣室はとても綺麗に掃除がされていたので大丈夫そうだったが、タオルがだいぶくたびれてしまっていたので、新しいタオルを用意することにした。異世界商店を起動して、必要な物を買っていく。

【チャージ金】　　　　　　　　　　　　　：512万9950G
【カート内】
・ふわふわバスタオル（10枚組）×100　　：25万G
・フェイスタオル（10枚組）×100　　　　：19万G
【合計】　　　　　　　　　　　　　　　　：44万G

決済をしてアイテムボックスに送ってから、タクマは応接室へと戻った。そこでは、残していたアフダルとジュードがシスターに撫でられていた。

「あら、お戻りですね。お風呂も綺麗でしょう？　みんな一生懸命掃除していますから」

「確かに綺麗にされていましたね。ちょっと危ないところがあったので直しておきました。あと、タオルがくたびれていたので替えましょう。あれでは肌を痛めてしまいますし。すでに用意してあるんですが、どこに出しましょうか？」

「良いのですか？　実はあれほど品質の良いタオルが見つからなくて、買い替えられなかったのです。ここに出していただければ、あとはこちらでやりますよ。タクマさんには他にやることがあるでしょうから」

「では、これと……これですね」

タクマが大量に買ったタオルを取り出すと、シエルは人を呼んで片付けていってくれた。

「タクマさんは、これからどこへ行くのでしょうか？」

「今いる町には教会がないので、ここでお祈りをしておきたくて。ヴァイスたちは子供たちと遊びたかったようなので、そのまま残しておきますね」

「では、私もそろそろ教会へ行きますので、ご一緒に行きましょうか？」

それからシエルとタクマは教会へ向かった。教会へ到着し礼拝堂へ来たタクマは、女神像の前でいつも通りに祈りを捧げる。


「お久しぶりですね。タクマさん」

「はい、ヴェルド様」

「今日は私が取ってきてほしいとお願いしていた、魔道具の件ですね」

その魔道具とは、未開のダンジョンに封印されていた指輪で、空間跳躍の魔法が込められているという、非常にレアなアイテムだった。

「その指輪はタクマさんが持っていて大丈夫ですよ。元々、回収したらそのまま持っていてもらおうと考えていましたから。その指輪を持っていれば、もし空間跳躍がバレても指輪の力ということにできますし」

「……良いのですか。神器ですよね？　でも、さらに厄介事に巻き込まれそうな匂いが……」

確かにバレたときの保険としては良いのかもしれないが、それ以上に嫌な予感がする。だが、ヴェルド様は持っておけと言う。

「持っていて損はないですから。アイテムボックスにでも入れておいてください。ところで、あの国ではさっそく命を狙われていますね」

ヴェルド様も気になっていたらしく、タクマを心配してくれた。

「そうですね、今回はヴァイスたちが狙われているのですが」

「まあ、あなたたちの実力なら危険でもないのでしょうが、気をつけてくださいね」

「お気遣いありがとうございます」

用件を終えると、タクマとヴェルド様は歓談して過ごすのだった。

14　告白

ヴェルド様との話を終えて教会を出たタクマは、もう一度孤児院の様子を見てから領主邸に向かうことにした。

再び孤児院に戻ってくると、ヴァイスたちと子供たちは元気に走り回って遊んでいた。それを微笑ましく見ているると、タクマを見つけた子供たちが彼の許へ駆け寄ってくる。

「タクマおじちゃんだー！」

「おいのりおわったー？」

「あそぶー？」

元から孤児院にいる子もタクマが連れてきた子も、仲良くしているようだ。安心したタクマは子供たちに話しかける。

「みんな元気そうだね。仲良くできてるみたいで安心したよ」

「仲いいよー」

「みんな友達ー」

「そうか。みんな、いっぱい遊んで、食べて、寝るんだぞ」

「「「はーい！」」」

良い返事をしてくれた。みんなの頭を撫でてから、タクマは領主邸へ足を向けた。ちなみに、ヴァイスとゲールとネーロは置いていき、引き続き子供たちと遊ばせておくことにした。

領主邸に到着すると、アークスそっくりな青年が応接室へ案内してくれた。アークスの息子らしい彼は、父親と同じ背格好で髪型もオールバックにしており、若いときのアークスを想像できるくらいにそっくりだった。

ソファーに座ってしばらく待っていると、コラルがやってきた。ジュードとアフダルがタクマの肩に乗ったままだったので、コラルは二匹をジッと見ながら話し出した。

「タクマ殿、元気そうだな。アークスから報告が上がってきていたが、本当にドラゴンを連れているのだな……」

「ええ。旅の途中でいろいろありまして、親竜から預かっております」

「なるほどな。連れ歩くことで注目を浴びるだけではなく、必ず厄介事が舞い込むというのは理解しているかな？」

「もちろん理解していますよ。ですが、私が連れている子たちは全員私の家族です。たとえどんな者が絡んでこようとも守りますよ。大袈裟《おおげさ》かもしれませんが、家族のためなら相手が誰であろうとも戦います」

タクマが確固たる意志を示すと、コラルは息を呑んだ。

タクマはさらに続ける。

「貴方とも、随分長い付き合いとなりましたね。ですから、敵対はしたくないです」

「あ、ああ、こちらも同じだよ。君とは敵対はしたくない。それにしても君は驚くことばかりするが、今日は聞かねばならないことがある」

コラルは言葉を選ぼうと考えたが、良い聞き方が思いつかなかったらしく、直球で尋ねた。

「……君はいったい何者なのだ？」

急に変なことを聞かれ、タクマは言っている意味がよく分からなかった。

「何者とは？」

「すまないとは思ったのだが、君が旅立ってから調べさせてもらった。君が初めてこの国に来て、身分証を作ったのはメルトの町だ。メルトの町は国境に面しているわけではないのにだ。それに、メルトへ到着する前に国境で手続きをした形跡もない。どうやってこの国に入ったのだ？」

「……」

返事に困っていると、ナビが助《たす》け舟《ぶね》を出してくれた。

（マスター。言い方は尋問のようですが、悪意や、敵意などはありません。厄介事に愛されているマスターを心配してるのでは？）

（そうか、まあ隠す気もないんだがな）

ナビに言われたことで、何かが吹っ切れたタクマは、コラルに包み隠さず話してしまうことにした。

「どうした？　答えたくないか？」

「いえ、隠すつもりもありませんから話します。ですが、絶対に漏らさないと約束していただければ。このことを知っているのは、メルトのシスターと、町の門番であるカイルという男だけなので」

「私が予想している答えの場合は、約束できないかもしれない。最悪、王国の存亡に関わるのでな」

「……分かりました。では、聞いてから判断してください」

タクマは自分が元々違う世界の住人であり、この世界にたまたま落ちてきた人間であることを告白した。さらにヴァイス、ゲール、アフダル、ネーロ、ジュードについても正直に話していった。

最後に、ヴェルド様との交信についても話した。

コラルはタクマの話を聞いていくうちに、どんどん顔色が悪くなっていった。そしてタクマが話し終わると、ゆっくりと口を開いた。

「そうか……やはり君は異世界から来たのだな……しかもヴァイスたちが神の関係者とは……」

何やら考え込んでしまったコラルに、タクマは話しかけることができなかったので、アフダルたちを撫でながら待っていた。

「タクマ殿、君はこの世界の歴史は知っているか？」

「いいえ、常識とか金銭価値などの知識は女神様から頂きましたが、歴史のほうはほとんど知りません」

「そうか。では、過去に君と同じように、異世界人が来たことも知らないのだな？」

タクマが肯定すると、コラルはポツポツと掻い摘んで話してくれた。

およそ千年前。この国で、召喚術を使い異世界から一人の男を召喚したそうだ。名前までは残っていないが、この召喚術によって国が滅亡する寸前まで追い込まれたことがあったらしい。

王国が男を召喚した目的は戦争で勝つため。召喚された男は大きな力を持ち、国の魔法使いや騎士など歯牙《しが》にもかけないほどの強さだった。

だが、男は戦争をすることを頑《かたく》なに拒否する。男は戦争のないところに住んでいたので、殺すこと自体をとても軽蔑していたのだ。すると、当時の国王は、戦いたくないと言う男をあろうことか殺そうとした。

召喚された男は城と城下町を消し飛ばし、どこかへ消えてしまったのだそうだ。

その後、この国は国王の息子が統治したそうだが、復興には多大な時間を要した。その事件があってから、召喚術を禁術として封印し、使用できないようにしたという。

「召喚術を封印してからこの王国ではもう二つ、不変の決まりを作ったのだ。それは万が一、異世界人がこの世界に送られてきた場合、絶対に敵対してはならない。そして異世界人の強大な戦闘力を利用してはならない……先ほど私が王国の存亡と言った意味が分かったかな？」

「ええ……よく分りました」

「おそらく、君は自分のテリトリーを侵されさえしなければ、敵対することはない。それはよく分かっている。だが、一人で国を潰せる男がいることを報告しないわけにはいかないのだ」

「……でしょうね」

「なので、私の命を懸けても悪いようにはしないから、王に会ってもらえないだろうか？　もちろん、きちんとした報告書を手に、私が先行して話をしてくる。どうか、王に会うことを了承してくれないか？」

タクマはコラルの心からの頼みを了承した。王に会って、相互不干渉の約束が取り付けられれば良いなと考えたからだ。もし敵対するような馬鹿者であった場合は、肉体言語で対話を試みれば良い。

「そうか。会ってくれるか！　本当に感謝する！　ではさっそく報告書を作成しよう！　君の家族についても不干渉を通すよう書いておく」

王との謁見《えっけん》を了承したことで、コラルはようやく顔色も戻り行動的になった。すぐに報告書を作ると言うコラルに若干引きつつ、孤児院へ戻るタクマであった。

15　イラつき

タクマがトーランでコラル侯爵と話している頃、ファッシーの領主はイライラしていた。

「何であいつらは外に出てこない！　しかも家に結界まで施しているだと？　どうにか侵入できんのか！」

「あの結界は外からの視線も阻害《そがい》している高性能な魔法だぞ？　入ることはおろか、中の様子さえ分からん。ターゲットの冒険者が外に出てくるまで待つしかないだろうな」

タクマ殺害の依頼を受けた男は、領主の馬鹿な物言いにため息を吐きながら答えた。が、領主は自分の意見が通らないと分かるとさらに激昂《げきこう》した。

「お前は命令を忠実に遂行していれば良いのだ！　誰が私に逆らって良いと言った！」

「何と言われようが、侵入できないのだから仕方ないだろう。子供みたいにわがままを言っても、不可能なものは不可能だ。それに……他の勢力が、冒険者側と接触した形跡がある」

男はターゲットの冒険者以外にも厄介事があると忠告したのだが、領主は聞く耳を持っていないようだ。

「他の勢力だと？　そんなのはどうでも良い！　些細なことを気にする暇があったら、早く冒険者を殺して、あいつが飼っている獣たちを持ってこい！」

男は、何を言っても無駄だと悟り、ため息を吐きながら馬鹿な領主の怒鳴り声を聞いていた。ひとしきり喚いた領主は心を落ち着けると、再び命令する。

「とりあえず侵入が無理なのは分かった。だったら家から出てきたところを監視して隙を探せ。そして機会があれば速《すみ》やかに殺せ」

「……分かった。だが条件がある」

「何だと？　条件とは何だ！」

「今回の殺しが成功してもしなくても、あんたとの付き合いはこれで最後だ。妻と子供を返してもらう。それが駄目なら、今ここであんたを殺す」

男の目はどこまでも本気で、領主も寒気を感じるほどだった。

「い、今私を殺せば、女と子供には二度と会えんぞ！　い、いいのか？」

「本当に馬鹿な男だな。これまで俺が、命令を聞く以外、黙って何もしていなかったとでも思っているのか？　あいつらの居場所はようやく見つけられた。単独で乗り込んだとしても、お前の手勢くらいなら道連れにしてみせる。今までは、全員が無事に再会するために命令に従っていたに過ぎない。分かるか？　あいつらだけでも生きていてくれるなら、もう俺はどうなっても構わない」

男は揺るぎない目で領主を見つめながら、腰にある短剣に手をかけている。それに気がついた領主は慌てて、条件を呑むことを了承した。

「わ、分かった！　条件を呑もうではないか！　だから短剣を仕舞うのだ！」

「言っておくが、口約束は駄目だ。これにサインをしろ。契約魔法がかかったものだ」

契約魔法の紙には男が言った条件が書いてあり、それを違《たが》えた場合には、今までの悪事の証拠を国に送り付けると明記されていた。

領主は下唇を噛みながらその紙にサインをしていく。サインが終わると、紙を取り上げ懐《ふところ》に入れた男は、今回の命令に関しては実行すると言い残してそのまま部屋を出ていった。

一人残された領主は男が出ていってからしばらく経って、ようやく動けるようになった。

「おのれー！　貴族である私を脅しおって！　……だが、今回の命令に関しては守ると言っているのだ。あいつが成功した場合は、再会させたところで全員殺して紙を奪ってしまおう。失敗して死んだ場合も、女と子供を殺してしまえば良い」

自分の勝手な欲望のせいで、地獄に片足を突っ込んでいるのに気づいていない領主は、男とその妻、子供をどうやって始末するか考え始めるのだった。


領主邸をあとにした男はゆっくりとした足取りで町中を歩いていた。その心に湧いてくるのは、自分の妻と子供の行く末だった。

「二人とももう少しだ。成功すれば会えるんだ……失敗しても、お前たちだけは無事に生きていける」

冒険者の借りている家が見える位置に到着した男は、中から出てくるのを待ち始めるのだった。

◇　◇　◇

タクマたちは、トーランの孤児院で子供たちと夕食を済ませてから、ファッシーへと帰ってきた。

結界に異常はなく、侵入者はいなかったようだ。タクマは気配察知を使い、敵意と殺意を検索する。すると、少し離れたところで監視するように隠れている気配を感じた。

（家に侵入できないから、監視して隙を窺っているんだろうな。もう一つの敵意は……離れたところで動いてはいないか。まあ、離れたところにいる奴が黒幕だろうし、絡まれたらそっちへって感

じだな）

相手の隠れている場所も分かったタクマは、どうやって炙《あぶ》り出すか考えていた。ただ、大人しく監視される気は毛頭なく、タクマのほうから接触して警告してやることにした。ただし今日は子供たちの様子を見られて機嫌が良いので、接触は明日に持ち越す。

「さて！　今日は楽しく過ごせたな。明日はちょっと忙しいから早めに寝よう」

「アウン（寝るー）」

「ミアー（僕も眠いー）」

「ピュイー（私も眠いです）」

「キキキ（ｚｚｚ）」

「キュイ……（寝るー……）」

すでにヴァイスは、ゲールにもたれかかってうつらうつらしている。一方ゲールも、顔を洗うような仕草でヴァイスに顔を寄せていた。

ネーロに至ってはヴァイスとゲールの間に挟まれて気持ち良さそうに、すでに夢の中にいるようだ。アフダルは自分の止まり木で必死に目を開けていたがそれも限界だろう。ジュードはへそ天でヴァイスを枕にしていた。

みんな子供たちのパワーにやられてしまったようなので、クリアをかけて早めに寝るのであった。

16　接触と条件

翌日、夜明け前に起きたタクマたちは早々に朝食を食べ終えて、庭で体を動かしていた。

珍しく、ナビも表に出てきて運動をしている。体も適度に温まったところで、今日の行動についてタクマが話し始めた。

「今日は家から出るが、子供たちを探すことはしないぞ」

「アウン？（なんでー？）」

「ミアー？（探さない？）」

「キキ？（外で遊ぶ？）」

「キュイ？（屋台いく？）」

「ピュイー（皆さん、問題を解決してからでないと、子供たちが危険です）」

ナビはヴァイスたちのところへ飛んでくると、ビシッとたしなめるように言った。

「アフダルの言う通り、マスターやあなたたちの問題を解決してからでないと子供たちに危険が及んでしまう可能性があるのです。ですからその問題を解決しよう、ということですね？」

「ああ、そうだ。この町に来て早々、俺たちに敵意を持った奴らがいるからな。そいつらをどうにかしないと、後々面倒なことになる」

タクマはさっそく今日敵と接触するつもりだった。警告をして穏便に済むならそれでも良いと考えたからだ。相手が首を縦に振らなかった場合は、痛い目を見てもらうしかないと考えている。

みんなが理解したところで、タクマは作戦を伝えていく。内容はこうである。

1．気配を遮断し、隠密を使用し、認識阻害を施して、目撃される可能性を最大限低くしてから空へ飛ぶ。アフダル、ジュードは自力で空に行ったほうが楽らしいので、そうしてもらう。
2．空に出たら、タクマが単独で監視者を拉致《らち》って戻る。
3．監視者を尋問する。

タクマがザックリとした作戦を伝えると、みんな理解できたようだった。夜が明けないうちに行動に移すことにする。

タクマはいつも通り、日本のテレビで見たことのある某国の軍隊が着るような装備に変更し、全員が隠密を使用したところで魔法を行使した。

すると全員の姿が、ほぼ闇と溶け込むように消えていった。消えたと言っても、タクマたちは繋がりがあるためお互いの存在を認識できている。

準備が整ったので結界を抜け空へと昇る。上空1万mの高高度に到達したタクマは、空間を固定するイメージで空中に強い結界を張り、そこに着地した。

「さて、高高度まで上がれば、一般人には気づかれることもないだろう。ナビ、監視者の位置とこの位置はしっかりと把握してるな」

「はい、問題なく把握できています」

タクマはナビを肩に留まらせたまま監視者がいる場所へ降り立った。監視者の真後ろに降りたのだが、魔法と隠密のおかげで気づかれることはなかった。

「よう。家を監視してるみたいだが、何か用か？」

「がっ!!」

タクマは声をかけた瞬間、スタンガンで監視者を感電させた。

ビクッと体を痙攣《けいれん》させ、その場に崩れ落ちたのを確認したタクマは、監視者が持っていたロープを使い拘束する。ついでに武器なども没収し、縛ったロープを硬化させると、担いで元の場所へ飛んだ。

「ここまでは上手くいったな。これからが問題なんだが……」

強制的に起こしても良いのだが、加減を間違えるとまずいので待つことにする。彼が起きるまで暇なので、周囲を警戒しつつ過ごした。そうして辺りが明るくなる頃に、ようやく監視者は目を覚ました。

「うう、俺は……」

「やあ監視者君。目覚めはどうだ」

「!!」

一般的には凄腕《すごうで》なのだろう、監視者の男は一瞬で自分の状況を理解したようだ。自分が逃げられないうえ、命さえも握られていることに、彼は唇を噛んだ。

「自分の置かれている立場は理解したみたいだな。目的がヴァイスたちなのは分かっているし、俺に対して殺意を持って監視しているのも分かっている。ちなみに黒幕がファッシーの領主だということも分かっているぞ」

「……」

タクマは先手を打った。相手に否定をさせないためだ。もちろんその間も軽く殺気をぶつけている。

「……そうか。分かっているなら、否定しても仕方ないな。そうだ、あの馬鹿な領主の命令で、アンタを殺して、そいつらを連れていくつもりだった」

「随分あっさりと白状するじゃないか。もう諦めたのか?」

タクマは監視者があまりにもあっけなく認めたので、少し驚いた。

「俺を一瞬で気絶させるような化け物級の奴に、太刀打《たちう》ちできるわけないのは分かっているつもりだ」

「暗殺者がそんな簡単に雇い主を明かしたら問題じゃないのか?」

「仕事として依頼されていたなら俺だって明かしてない。たとえ殺されたとしてもな。だが俺は、依頼されてこんなことをやっているわけではない。脅されて命令に逆らえなかっただけだ」

「脅されて、だと？」

思いもよらない答えに驚いたタクマは、男の話を聞くことにした。

男は魔法国家マジル出身で、軍の諜報員《ちょうほういん》として生きていたそうだ。惚れた女性ができたことで諜報員から足を洗って結婚し、マジルを出てこの国のファッシーを目指していた。だが、運が悪いことに、その道中で盗賊に襲撃されて深手を負ってしまう。普段であれば何事もなく殲滅できるような相手だったが、妻と、旅の途中で生まれた子供を守りながらでは、自分の身までは守れなかったらしい。

「運のない奴だな」

「俺もそう思う……続けるぞ」

深手を負った男はファッシーにたどり着く直前に意識を失ってしまった。意識を取り戻したのは領主邸の地下牢。ただ、妻と子供はいなかった。しばらく待っていると、牢から出され連れていかれた。そこにはファッシーの領主がおり、男は脅されたのだ。

「子供と妻に会いたければ、お前の力を私のために使え」

意識を失っている間に鑑定を行われたようで、男の能力や経歴はバレてしまっていた。それからは、子供と妻に再会するため、領主の命令を聞くしかなかった。

「会えなくなってから何年だ？」

タクマが男に質問すると、意外な答えが返ってきた。

「今まで全く会えなかったわけではないんだ。月に一度、数時間だけ会うことを許されていた。だが会えるのは領主邸の応接室で、住んでいるところまでは分からなかった。食事は最低限らしく、妻も子供も随分痩せていて、見ていて辛かったな……」

「なるほどな。あんたはやりたくもない仕事をやっていたわけか」

それで今回、男はタクマを殺す仕事で最後にしようと、領主を脅したらしい。今までの暗殺の証拠や、悪事の証拠をしっかりと押さえ、突きつけたのだそうだ。

そこまで聞いてタクマは、一つのことを思いついた。

「だが、その脅しをするには家族の居場所を把握していなければできないだろう？」

「そうだ。家族の居場所はようやく判明した」

「そうか。それなら俺から一つ提案してやる。お前の妻と子供は俺が助けてやる。お前たち家族が、安全で、健全な生活ができる場所も用意する」

「な、何だと？　それはどういう……」

「ただし！　条件がある」

「やっぱりそれか……」

「ん？　何か勘違いしてるみたいだが、俺はお前に今までやっていたような裏の仕事をさせる気はないぞ」

タクマは男に対し、その条件を伝えた。
1. 領主と悪事を手伝った者には地獄に行ってもらうために、関係者全員を領主邸に集めること。
2. その一方で、無関係な者を避難させておくこと。
3. 証拠のすべてをタクマに渡すこと。
4. 最後に、この件が終わったときには、タクマの家の門番として雇われること。

話を聞き終え、男はボソッと呟いた。

「俺が門番……」

「不服か？」

「いや、何で門番なのかって思っただけだ」

「お前の実力はランクで言うとAランクか、それ以上だろ？　裏の仕事は相当な実力がなければできん。俺の家には、これからかなりの人数が住むことになる。俺には秘密があるし、絡まれる可能性もあるから、強い奴を雇いたかったんだ。ああ、秘密と言っても犯罪になるようなことではないがな。どうだ、条件を呑むか？」

「考える時間は……」

「スマンが、この問題でこれ以上時間をかけたくないんだ。今ここで決めてくれ」

自分たちの命運が懸かっているというのに、今ここで決めろと言うタクマに苦い表情を浮かべながら、男は言葉を発した。

「……分かった。すべて条件を呑もう。頼む、妻と子供を助けてくれ」

「じゃあ、時間を無駄にしたくないし、さっそく行動を開始しよう」

「待ってくれ」

「何だ？」

「名前だ、俺の名前。カリオ、カリオ・オプスだ」

「カリオだな。俺はタクマ・サトウだ」

タクマはカリオに家族の場所を聞くと、彼にやるべきことをやってもらうため、人気《ひとけ》のないところで解放した。魔力で彼をマーキングしたあとにヴァイスたちの許へ戻ると、カリオの家族の救出へ向かうことにしたのだった。

17　救出

タクマたちはある場所の上空で相談をしていた。

カリオが彼の妻子が捕らえられている場所を教えてくれたのだが、そこは家ですらなかった。町から20㎞《キロメートル》ほど離れた森の中にある洞穴だった。

「さて、どうやって助けるか……カリオの家族もいるから無茶はできないよな」

「アウン？（全部倒す？）」

ヴァイスは先に警備している者たちを殲滅したほうが良いと考えたようだ。人質がいなければそれでも構わないのだが、今回は人質の安全が最優先である。それに突発的なトラブルも考えられるので、ヴァイスに落ち着くように言って聞かせた。

「倒すのは良いけど、まずは気配察知でカリオの家族を捜してみよう」

タクマは気配察知を使って、マップに悪意のある者を赤、悪意のない者を青で表示させていった。すると悪意のある者は六十人で、洞穴の中に四十人、入り口周辺に二十人配置されていた。捜している悪意のない者の反応は洞穴の一番奥にあった。おそらく、逃げられないように奥に捕らえているのだろう。だが、ここで誤算があった。悪意のない気配が十人分あったのだ。

（ちっ。やっぱりか……人質はカリオの家族だけではなかった……）

領主はカリオと同じ方法で、他の誰かを脅していたのだ。タクマはそのことをヴァイスたちにも教えておく。

「みんな。人質の数が増えたようだ。領主はカリオと同じ方法で、他の人間も脅していたらしい」

「アウン！（みんなたすけよー！）」

「ミアー！（家族にあわせるのー！）」

「ピュイー（全員無事に帰しましょう）」

「キキキ！（悪い奴きらいー！）」

「キュイー！（家族はいっしょ！）」

ヴァイスたちはその目にやる気を漲《みなぎ》らせている。みんながいつも以上にやる気になっているのは、家族が離れ離れになっているのが気に入らないからだろう。タクマの合図があれば、すぐにでも飛び出しそうな勢いだ。

ナビが尋ねてくる。

「マスター、どうやって助けますか？」

「そうだな。アフダルとジュードは上空から外にいる奴を倒してくれ。ヴァイスとゲールは地上から行け。俺とネーロは洞穴の中の敵をやる。いいか？　確実に倒すんだ。相手は犯罪集団だから遠慮はいらない。ナビはアフダルに乗って敵の位置を教えてやれ」

みんな自分の役割を理解し、洞穴周辺の対処と警戒に当たってくれることになった。今回は洞穴での戦いで、体の大きなヴァイスとゲールでは行動を阻害されかねなかったため、周辺の敵に対処してもらうことにした。

洞穴から少し離れたところに着地し、タクマたちは行動を開始する。

「じゃあ……行ってこい!!」

タクマの号令とともに、ヴァイスたちは隠密を駆使して散開していった。

しばらくすると、辺りから怒号と悲鳴が聞こえ始める。タクマはネーロとともに、一気に洞穴の中へと入っていった。

「良し、侵入できたな。じゃあネーロ、お前は隠密を使って先に奥まで行って、人質に結界を張って守っててくれ」

「キキキ！（りょーかい、ご主人もがんばってねー！）」

ネーロはそう応え、一気に走っていった。

タクマはそこから、気配察知を駆使しながら中にいる馬鹿どもを倒していくことにした。途中、ヴァイスたちから外の殲滅を終えたと報告が来た。予想以上に雑魚《ざこ》だったのであっという間だったらしい。ヴァイスたちに、そのまま洞穴の周辺を警戒するように言うと、タクマは念話を終わらせた。

ネーロは、タクマの指示通り隠密を使いながら進み、無事に人質のいる場所に到達した。そこは牢屋になっていて、牢の前には見張りが二人いた。

（うーん、ご主人ならどうするかなー？）

ネーロは考えた末に、牢屋の中にいる子供たちに血を見せるような方法は取らないで倒すことにした。見張りたちに強い結界を張り、外からは見えないようにしたあとで、結界内の空気を抜いていく。しばらく待つと中の気配が完全になくなったので結界を解除した。牢の中の人質たちは、見張りが突然白い球体に包まれたかと思うと、その球体が消えたら倒されていたのでポカンとしてしまっていた。

（これで良いかなー。褒めてくれるかなー？）

ネーロはそのまま牢屋の中に入ると、自分を含めた全員を範囲指定し、強い結界を張った。

（ご主人ー。人質に結界張ったよー。これで思い切りやっても大丈夫ー）

（分かった、ご苦労さん。俺が行くまで頼むな）

（はーい）

ネーロが無事に人質を保護したと報告してくる頃には、タクマは二十人ほどを倒していた。

これで遠慮のいらなくなったタクマは、洞穴全体を硬化したあと、強い魔力を込めた雷撃を放った。洞穴の中全体に、バリバリとけたたましい音を立てて雷の雨が降り注ぎ、残りの犯罪集団は丸ごと殲滅されてしまった。

ネーロから恨みがましい念話が届く。

（ご主人ー！　今のはちょっとあぶなかったー！）

（すまん、ちょっと強すぎたか）

（結界ギリギリだったー）

（ごめんて。加減が難しくてな）

タクマはやりすぎてしまったことを反省しながら、牢屋まで急いだ。

牢屋に到着すると、そこには大人の女性が四人、子供が六人いて一か所に固まって震えていた。

ネーロは結界を解除すると、タクマの肩に飛び乗った。

タクマはネーロを撫でながら、人質たちを怯えさせないように話しかける。

「もう大丈夫だ。俺はタクマ・サトウ、冒険者だ。ある男に依頼をされて来た。ここにいた奴らは殲滅したから安心してほしい。君たちは人質で間違いないか？」

彼女たちはタクマを見て警戒していたが、女性の一人が毅然《きぜん》とした態度で答えた。

「そうです。私たちは領主に何年もの間、監禁されていました」

「そうか。だが、言葉だけでは信用できないから、全員俺の鑑定を受けてくれ。助けたあとで寝首を掻かれたら困るんだ」

「用心深いのですね……分かりました。みんなも良い？」

女性が振り向き同意を求めると、全員鑑定を受けてくれることになった。タクマはサクッと調べてしまうことにする。

結果は、タクマが危惧《きぐ》していたこともなく、全員が被害者と出た。

「どうでしたか？」

「ああ、疑ってしまって申し訳ない。みんな被害者と出ていた。全員救助させてもらうよ」

タクマがそう言うと、人質たちは安心したように息を吐いた。

「ただ、牢を出るのはもう少し待ってくれ」

「なぜですか？」

「ここにいた犯罪者たちは派手に殲滅したんだ。子供たちに見せたくないから、ちょっと始末してくる。それまで待ってくれ」

するとヴァイスから念話が入ってきた。

(父ちゃーん。外の敵と、中の敵を入り口に運んどいたよー)

(おお、先を読んでやっておいてくれたのか。偉いぞヴァイス。ナビ、アフダル、ゲール、ジュードもありがとうな)

みんなを労《ねぎら》ってから念話を終える。

今夜はたくさん褒めてやろうと考えながら、牢の前の二人を引きずって入り口まで持っていく。

すべての死体を一瞬で燃やし尽くしてしまうと、タクマはヴァイスたちと一緒に牢の前に戻ってきた。

人質たちはヴァイスたちを見てびっくりしていた。

「大丈夫だ。この子たちは俺の家族で、相棒だ」

そう言って安心させ、そのまま人質たちを洞穴の外まで連れていく。

「外よ！」

「ああ、帰れるのね……」

「うう……あなた……」

「うえーーん」

人質たちは外の景色を見て感動していたが、タクマは、まだ終わっていないと、彼女たちを落ち着かせるのだった。

18　避難

人質たちが冷静になったところで、タクマは告げる。

「君たちには事件が解決するまで、ある場所に避難してもらう。このままファッシーに戻ると、君たちの安全を保障できないんだ。なので、俺のとっておきを使ってそこへ連れていく。そこは、俺が拠点にしているところで安全だ。それで……」

「ちょっと待って。この周辺に町はないはずよ。こんな大勢で遠くに避難するのは無理だわ」

「話は最後まで聞いたほうが良いな。俺のとっておきを使うと言っただろう？　そうすれば移動は問題ない。ただ、これを使うには契約を交わしてもらわなければならない。この移動方法の口外を禁止してもらうという内容の契約だ」

タクマは、人質たちを自宅に避難させるつもりだった。

「そんなに危険なものなの？」

「移動方法自体は全く危険はない。だが、そのアイテムを争って戦争が起きるほど貴重なものなんだ」

「そうなの……分かったわ、契約したいと思うけど、みんなもそれでいい？」

その場にいる女たちは全員了承してくれた。ただ、子供たちには契約を使わないでほしいと懇願された。

「もちろん子供に使う気はない。その代わり目隠しはさせてもらう」

「だったら、私たちも同じ方法で……」

「大人は駄目だな。俺は人間をあまり信用してないんだ」

「「「……」」」

厳しい態度を崩さないタクマに、女性たちは怯え始めていた。

「スマンが避難には契約を必須にさせてもらう。何、こちらからの条件は口外しないことだけだ。簡単だろう？」

「もし破った場合は？」

「……そうだな。記憶を消させてもらうかな。やったことないけど」

震え上がる女たちに、タクマは続ける。

「もし破ったらだ。まあでも、自分の命が危険に晒される場合は、契約に従わなくていい」

「それだったら……ねぇ？」

タクマが条件を緩めたことで、女たちは納得しだした。ふと思いついたように、タクマが言う。

「そう言えば、この中にカリオの家族はいるか？」

「私とこの子がそうよ。私はファリン、この子はデイブよ」

ファリンは先ほどまで代表で話をしていた女だった。

「そうか。移動したあとにやってもらいたいことがあるんだ」

「もしかして、依頼者はカリオなの？」

「依頼と言うか、交換条件だな」

「そう……分かったわ」

カリオの名前を出したとたん、ファリンの隣にいた子供が、タクマの服の裾《すそ》を引っ張った。

「ん？　デイブだったか？　どうした？」

「お父さんのお友達？」

「友達ではないけど……知り合いみたいなもんだな」

「お父さんに会える？」

デイブは続けて何かを言いたいようだったが、顔を俯《うつむ》かせて黙ってしまった。

「会えるぞ。ひと仕事終えたら、みんなで一緒に暮らせるようになる」

「ほんと!?」

「ああ。俺が約束しよう」

タクマはヴァイスたちに人質を見守っておくように言いつけ、その場から少し離れた。そして遠話のピアスでアークスに連絡する。

(アークス、聞こえるか?)

(はい。どうしましたか?)

(これから訳アリの親子を合計十人連れていく。商業ギルドで契約魔法の紙を四枚頼む)

(契約で縛《しば》るのは、タクマ様の魔法について口外しないように、ですか?)

(いや、今回は魔道具についてだ。命の危険がない限り、魔道具について口外しないことにしたい。違反した場合には、記憶の消去という条件で頼む)

(分かりました。すぐに用意させます。食事はどうしますか?)

(俺らはいらないから、親子たち十人分だけ頼む)

(かしこまりました)

簡単な打ち合わせを終え、人質たちのところへ戻る。

さっそく人質たちに移動の準備をしてもらった。女たちは自分の服の袖を破ると、子供たちに目隠しをしていった。それが終わったのを確認すると、タクマはアイテムボックスから指輪を取り出した。

この指輪はヴェルド様より託されたアイテムで、誰でも空間跳躍を可能にするものだ。それをわざわざ使うのは、タクマが空間跳躍を使えることを隠すためである。

「何その指輪？　凄まじい魔力を放っているんだけど」

「知らないほうが良い、では行くぞ？」

タクマは指輪に魔力を流し、家の庭をイメージして指輪を発動させた。


「子供たちの目隠しはもういいぞ」

女たちは一瞬で移動したことに驚き、子供たちは何があったか分からず呆然としていた。

「ご主人様。おかえりなさいませ」

「ああ、準備はできているな。みんなを応接室へ」

アークスは全員を応接室へ連れていき、そのまま契約書にサインさせた。

「ファリン、カリオに手紙を書いてくれ。それが君たちの無事を知らせる証拠になる」

「ええ、分かったわ」

ファリンが手紙を書いている間に、食事が次々と運ばれてきた。

アークスはファリンたちのためにスープ、パン、サラダ、ステーキ、焼き魚などを用意してくれた。メインの肉や魚はいろいろな種類が用意されている。

「はい。できたわ。それにしても……この食事は？」

「とりあえず、ここにいる間の衣食住はそこにいるアークスに頼んであるから、寛いで待っていてくれ。アークス、あとは任せて良いな？」

タクマはそう言いながら、念話で別の指示を与える。

（それと、彼女たちの家族の名を聞いておいてくれ）

「はい。お任せください」

あとの世話をアークスに任せ、手紙を預かったタクマは、仕上げをするためにファッシーへと戻っていくのであった。

19　警告

ファッシーに戻ったタクマたちはまず昼食を食べてから、今後の相談をした。ちなみにファッシーで拠点にしている家ではなく、宿の部屋にいる。

「喧嘩を売ってきた奴に報復をするが、まずはカリオに頼んだことが準備できているかどうかだな」

「アウン？（今から行くんじゃないの？）」

ヴァイスたちはすぐに報復に移ると思っていたらしく、目を爛々《らんらん》とさせながら臨戦態勢になっていた。

「喧嘩を売ってきた奴を倒すだけならそれでも良いんだが、どうせなら、領主と一緒になって悪事を働いていた奴も一緒にやっつけちゃおうと思ってな」

タクマの考えを聞き、ヴァイスたちが声を上げる。

「アン！（流石父ちゃん！）」

「ミアー（悪い奴は殲滅ー）」

「ピュイー（悪事は根本から消毒ですね）」

「キキキ！（やるよー！）」

「キュイ？（やっぱり食べる？）」

ジュードの言葉を聞いたナビが、若干呆《あき》れながら注意する。

「ジュード、マスターは食べたらダメと言ったでしょう？」

「ジュードは何で食べることにこだわる？　もっと美味しいものを食ってるだろう？」

タクマもジュードの食べる発言にちょっと呆れたが、話を続けていく。

「でだ。とりあえずやっつけるのは決まっているが、その前にいろいろ動こうと思ってな。まず俺とナビでカリオに会って、準備の状況を確認する。その後は、俺のことをリークしたデイモートにちょっと頼み事をして、あとは殲滅の時間だ」

（（（（はーい！））））

みんな理解してくれたのを確認すると、タクマはナビを連れてカリオに接触することにした。

マーキングの位置を探ると、カリオは相変わらずタクマの家を監視しているフリをしているようだった。タクマは空間跳躍で真後ろに跳躍する。

「よう。頼んだことはできたか？」

「‼　驚かせるなよ！　問題ない。悪事に加担していた奴らは、夜には全員領主の家に集まる」

「来ない奴もいるんじゃないか？」

「俺も馬鹿じゃない。悪事に加担していたという証拠を突きつけて脅してあるから確実に来る。ただ、領主邸にいる使用人たちは、俺を信用していないから避難させることはできなかった」

「そうか。そっちは他の奴にやってもらうことにするから、カリオはここで監視しているふりを続けていてくれ」

「待ってくれ。俺の家族はどうだった」

「無事に助けたぞ。これが証拠だ」

タクマはファリンから預かった手紙をカリオに渡した。無言で手紙を読んだカリオは、手紙を握りしめて涙を流した。

「アンタの家で保護しているのか……」

「ああ、丁重に扱っているから安心しろ。これであいつらを心置きなく潰せるな？」

「……もちろんだ。実際、事が始まったら、俺は何したらいい？」

「そうだな、夜になったら領主邸を監視していてくれ。悪事に関わった奴らが全員来ているか確認してほしいんだ。俺はこれから、使用人たちが避難できるようにする」

そう言うと、タクマは徒歩で町の出入り口に向かった。そこには、しっかりと門番の仕事をしているデイモートがいた。

「忙しいところスマンが、ちょっと話がある」

「わ、分かりました。おい！　ちょっと交代してくれ。休憩に行ってくる」

デイモートは、タクマに付いてその場から離れた。人気《ひとけ》のないところへ行くと、タクマは声を殺して告げる。

「ここでいいか……さっそく本題に入らせてもらう。今夜、厄介事を終わらせることにした。だから、夜までに関係のない者を領主邸から避難させろ」

「はあ？」

デイモートは驚きのあまり、変な声を上げてしまった。

「分からないのか？　今夜、厄介事を終わらせると言っている」

「ま、待ってください！　急すぎます」

「知るか。言っておくが、準備は終わってるし延期はない」

「……分かりました。すぐに動きます。ですが、終わったあとに俺の本当の主人に会ってくれないでしょうか？」

「あんたもしつこいな。分かったから急いで夜までに避難させろ」

デイモートは職場を他の者に任せ、急いで走り去っていった。その背を見送るタクマにナビが告げる。

「マスター。あの男は使用人たちを避難させられるのでしょうか？」

「ん？　できるだろう。おそらくあの家の使用人は、ほぼすべてデイモートの主人が潜入させた者だ。だから、ちゃんと避難させてくれるはず」

タクマは一度宿へと戻り、夜まで時間を潰すのだった。

◇　◇　◇

デイモートは焦っていた。突然、Sランク冒険者であるタクマ・サトウが来て、今夜にも行動を起こすと言ってきたのだ。

（あの馬鹿はタクマ・サトウを怒らせてしまったみたいだ。早く仲間や無関係な者を避難させなければならない。あの男の目は本気だった。マズい、マズいぞ！　まずは主人に報告しなければ！）

心の中でそう言いながら主の館へ駆けつける。すぐに応接室へ通してもらい、主人に報告を始めた。

主人は、焦る彼を落ち着かせるように言う。

「随分焦っていますが、どうかしましたか？」

「Sランク冒険者のタクマ・サトウが今夜、領主を潰すと言ってきました。それで無関係な者をすべて避難させるように指示されました」

「あら、物騒ね。では、貴方は言われた通りに、使用人たちを避難させて頂戴《ちょうだい》」

「はっ！」

主人が素早く判断を下すと、デイモートは急いで領主邸へ向かって走り出した。

「タクマ・サトウ……いったいどんな人物なんでしょうね。わざわざ、こちらに知らせてくるというのは何か意図があるんでしょうけど。怖いわね……」

主人はそう呟きながら、これからタクマによって起こされるであろう蹂躙《じゅうりん》を想像して寒気を感じるのであった。

20 成敗《せいばい》

タクマたちは夜になるまで、宿でゆっくりとしていた。

辺りが暗くなり始めた頃、何者かの気配が家に向かってくる。タクマが門まで出迎えに行ってみると、そこにはデイモートが息を切らせて立っていた。

「デイモートか」

「え、ええ。屋敷の無関係な人間はすべて避難させました。領主邸には領主と客だけになっています」

「そうか」

デイモートが息を切らせながら尋ねる。

「で、ですが、どうするおつもりなのでしょうか？」

「領主は俺に喧嘩を売ったうえに、かなり悪事を働いているようなのでな。加担した奴らも集まっているから、まとめて地獄に落ちてもらう予定だ」

タクマが凄んでそう言うと、デイモートが質問してくる。

「……そ、それは、どんな悪事なのでしょう？」

「それは殲滅が終わったあとに、証拠と一緒にお前の主人のところに持っていってやる」

「できれば……」

「身柄はやらんぞ。アレは俺の獲物だ」

「……」

タクマはデイモートの要望を先回りして拒絶し、その主人に向けての伝言を頼んだ。

「お前の主人にこう伝えておけ。明日の朝そちらに行く。俺が暴れたあとの始末ぐらいはできるだろう？　と」

「必ず伝えます。それでは……」

デイモートは再び走ってその場を離れていった。タクマは家に入ると、ヴァイスたちに告げる。

「さあ、行くか」

「アウン！（退治だー！）」

「ミアー！（たおすよー！）」

「ピュイー（地獄へ送りましょう）」

「キキ！（やるよー！）」

「キュイ！（丸焼きにするー！）」

タクマたちは暗くなった夜空へと飛び出していく。すぐに領主邸の上空までやってくると、気配察知でカリオを捜す。

すぐに発見し、空間跳躍で彼の背後に跳んだ。

「よう。どうだ？　集まってるか？」

「!!　だから、俺の背中に立つなって……」

「まあまあ、どこかのスナイパーみたいなセリフは良いから」

「ったく！　まあ良い、全員集まっているぞ。使用人たちは先ほど全員いなくなった。で？　これからどうするんだ？」

「とりあえず、お前も一緒に来いよ」

タクマはそう言うと、カリオの肩に手を置き、ヴァイスたちが待っている上空に連れていった。

カリオが呆然として言う。

「あんた……やることがめちゃくちゃだな……」

「まあな。常識はずれなのは分かってる。んじゃやるぞ」

そう言うとタクマは、領主の館全体に強い結界と遮音をかけた。邪魔が入っても面倒なので、外から見えないように細工したのだ。

「ここまでの結界魔法を使えるとは……って、一つ聞いていいか？」

カリオはタクマの常識はずれな結界にももちろん驚きなのだが、それよりも気になることがあったのだ。

「この動物たちはいったい何だ？　全員がとてつもない力を持っているだろう？」

「俺の家族だから動物扱いはやめろ。それよりも今は、この騒動に決着をつけたい」

「はあ？　どうやって？」

「まあ、このまま姿を見せずに魔法で消し飛ばすことも可能なんだがな。だが今回は、俺以外の勢力も領主を狙っていたらしくてな。そいつらに貸しを作ろうと思ってるから、別の方法を考えているんだ」

そう答えるとタクマは上空から結界内へと入った。庭で三十人くらいの男たちが騒いでいる。

「何だこれは！」

「どういうことだ！」

屋根の上に降り立ったタクマは、そこから話しかける。声を張るのも面倒なので、ヴァイスに風魔法を使ってもらい、声を届けることにした。

「やあ、悪人の諸君。君たちの人生はここで終わりになる」

「誰だ！」

騒いでいる奴らの中で一番金持ちそうな男が、タクマに気がついて声を上げる。すると、その場にいた奴らが一斉にタクマのほうに目を向けた。

男がさらに叫び立てる。

「誰だ、お前は!?」

タクマは屋根から飛び降り、その男と向き合った。

「アンタが領主か？」

「そうだ！　領主の屋敷に侵入して良いと思っているのか！」

「俺に喧嘩を売ってるんだろう？　こいつらを手に入れるために俺を殺す、だったか？」

「お前が例の冒険者か！　私にその獣どもをよこせ！」

領主はそう言ってタクマに許しを得ることもなく、タクマの後ろに控えるヴァイスたちに手を出そうとした。

その行動を見た瞬間、タクマはアイテムボックスから日本刀を取り出し領主に向けた。

「俺の家族を獣だと？　しかもよこせ？　寝言は死んでから言え」

タクマは殺気を解放する。

すると、今まで元気に騒いでいた奴らがガタガタと震えだした。

「よりにもよって俺の家族に手を出そうとした。覚悟はしているな？　お前らは、全員悪事の共犯者だ。証拠もある。お前らはもう終わりだ」

そう言うと、タクマは一瞬で取り巻きの一人に接近し、首を刎《は》ねた。

「「ひい！」」

タクマが首を刎ねると同時に、ヴァイスたちも次々に取り巻きの首を刎ねていく。

あっという間に、領主一人を残すのみとなった。タクマは、領主を怯えさせるために、あえて返り血を避けなかった。血に染まったタクマがゆっくりと歩きだす。

「やめろ！　これ以上近づくな！　おい！　聞こえてるのか⁉　そうだ！　金が欲しいのだろう？いくらでもやるぞ！　だか……」

「黙れ」

領主の目の前まで来たタクマは、躊躇《ちゅうちょ》なく刀を水平に振り、首を落とす。それからヴァイスたちの体と自分の体、刀にクリアを施し、落とした首をアイテムボックスに収納していった。すべてを収納し終えると、全員で空に上がった。

「やっぱり、結界内を消し飛ばすか。ゲール、頼む」

タクマに促されたゲールは結界内に特大の青白い炎を放つ。すると、蒸発するように遺体と建物が燃え尽き、結界内は更地《さらち》と化した。

カリオは目の前で起きたことに理解が追いつかず、呆然としていた。

「こんなにあっさりと殲滅するとは……」

「時間をかけても同じだろう？　これでお前を苦しめていた者は消えた。それで良いんじゃないか？」

「そうだな……」

やるべきことは済んだので結界を解除し、タクマたちは家へと戻った。


「これで終わったと言いたいところだが、まだやることがある」

家のリビングで一息ついたタクマは、カリオにそう切り出した。ヴァイスたちはすでに寝室で夢の中である。

「明日、領主を狙っていた別勢力と話をしなければならない。カリオはデイモートを知っているか？」

「ああ、今は門番をしているんだっけ？　あいつは前領主の衛兵だった男だ……まさか」

「そうだ。別勢力というのはデイモートたちだ。あいつのバックに何者かがいる」

「そうか……あんたはそいつに会ったことがあるのか？」

「いや、明日が初めてだな」

「そうか……」

「明日は一緒に行ってもらうから、そのつもりでいてくれ。領主が悪事に手を染めていたという証拠を持って、朝一で来てくれれば良い」

「分かった。明るくなる前に来る」

カリオは席を立ち、家を出ていった。

タクマはカリオが家から離れたのを気配察知で確認したあと、一人でトーランへと跳んだ。

自宅の執務室へやってくると、タクマは椅子に座って深いため息を吐く。

「おかえりなさいませ」

「ああ、アークスか……」

「お疲れのようですね。大丈夫ですか？」

「ああ、体力的には全く疲れていないんだがな。それより、被害者たちの名前のリストはできているか？」

「はい、これです」

「ありがとう。じゃあ、あっちに戻るよ」

タクマが席を立ちファッシーへ戻ろうとすると、アークスが話しかけてきた。

「タクマ様。今回の件が終わり、ファッシーの孤児を引き取ったあとは、少しゆっくりされては？」

「ん？　どうした急に？」

「いえ……何となくですが、働きすぎだと思いまして。時には休むことも必要です。孤児たちの保護も大事ですが、ご自身の心の安定もお考えください」

「心の安定か……そうか、そうだな。ファッシーの件が終わったら、しばらくゆっくりするか。気にしてくれてありがとう」

「いえ、執事として当然のことなので」

アークスに見送られ、トーランから跳んだタクマはファッシーに戻った。

「タクマ様はもう少しゆっくり過ごすことを覚えてくだされば……」

アークスは、誰もいない執務室でそう呟くのだった。

21 交渉？　いや、命令？

トーランから戻ったタクマは早々に寝てしまったのだが、思いのほか早く目覚めた。タクマが起きたことに気がついたヴァイスが、タクマに横にすっと寄り添ってきた。他の子たちはまだ夢の中である。

「おはよう、ヴァイス。昨日はよく頑張ってくれたな」

「アウン？（父ちゃん大丈夫？）」

「ああ、体調は問題ない。だがちょっと疲れたな……なあ、ヴァイス。ファッシーの町で孤児たちを引き取るのが終わったら、しばらくトーランでゆっくりしようか？」

「アン（うん。お休みしているときはいっぱい遊んでほしいなあ）」

「そうだな。みんなで湖に行って遊んだりしようか」

ヴァイスを撫でながらしゃべっていると、みんなも起きてきた。

「みんなおはよう。突然なんだが、ファッシーの件が終わったら、しばらくトーランでゆっくりしようかと思うんだ。どうだろう？」

「ミアー！（子供たちと遊ぶー！）」

「ピュイー（たまには休むべきです）」

「キキ！（さんせー！）」

「キュイ！（僕は兄ちゃんが行くところならどこでも良いよー！）」

「マスターも少し休むべきなので賛成です」

みんな賛成してくれたので、お礼を言って撫でてあげた。その後は朝食を用意し、みんなで食べ、ゆっくりと過ごす。

辺りが明るくなり始めた頃、門の前にカリオが来ていることに気がついた。

「スマンな、気がつくのが少し遅くなった」

そう言ってカリオを家の中へ迎え入れる。

「さあ、最後の仕上げだ。もう少しすればデイモートが迎えに来るだろう」

「そう言えば、あんたはデイモートの主人が誰か知らないんだよな？」

カリオが尋ねてくる。

「ああ、おそらく貴族だろうというのは感じているが、それ以外は知らん」

「なるほどな。だが、会ってどうするんだ？」

「領主がやっていた悪事の証拠を渡して後始末をさせる。俺がかき回してくれると期待している節があったからな。お返しに、それくらいはやってもらう」

「それを素直に受けてくれるのか？」

カリオは心配しているようだったが、タクマには考えがあった。

「まあ、あいつらの首をくれてやれば了承せざるをえないだろうな。それと、領主が人質にしていた人間が、お前の家族以外にもいてな。彼女たちの家族も捜して連れてきてもらう」

「なるほど。後始末というのは、そこまでやらせるわけなんだな」

まだ会ったことのない者にそこまでやらせると聞き、カリオはその図太《ずぶと》さに呆れていた。

そうやってカリオとタクマが話をしているうちに、ようやく迎えが来た。タクマたちが門のほうに移動すると、大きな馬車を横付けしてデイモートが立っていた。

「サトウ様、おはようございます。お迎えに上がりました」

「そうか。じゃあ行こうか」

タクマは馬車には乗らず、ヴァイスたちとカリオとともに歩きだした。

「あの！　何で馬車に乗らないのですか？」

「ん？　馬車では皆乗りきれないだろう？　ヴァイスたちは俺の家族だ。全員が乗れないなら俺も歩くだけだ」

「……分かりました。では私も歩いてご案内します。おい！　馬車は戻っていろ！」

デイモートは馬車の御者《ぎょしゃ》に指示をして、タクマたちを案内していった。たどり着いたのは町はずれにある小さな家だった。中に入ると応接室へと通された。

そこには20代半ばくらいの女が待っていた。

「ようこそいらっしゃいました。私はミゼル・レンド。よろしくお願いしますね。どうぞ、お座りください」

「俺は冒険者のタクマだ。こっちは協力者のカリオ」

お互い名乗りを済ませたところでソファーに座ると、タクマはさっそく話を始めた。

「まあ、知らない人間と長々話す気はないから、こちらの要求を言っておく。領主の首をやるから後始末を頼みたい。それと、あの豚が監禁していた人質を保護して、安全のために俺の拠点で丁重に世話している。その家族を捜してほしい」

タクマは単刀直入に用件を言い、人質の氏名、年齢、待っているであろう家族の名前が書かれたメモ、そして領主たちの首をテーブルに置いた。

「うっっ！　……デイモート。確認を」

「はっ！　……メモには、確かに町で行方不明になっている者の名前がすべて書かれています」

デイモートはメモをミゼルに渡し、無造作に置かれた首を外へと運んでいった。

タクマは限界まで抑えた殺気をミゼルに当てながら質問する。

「アンタらが、俺を利用して領主をどうにかしようとしていたのは予想していた。だが、自分たちの都合だけで、人質のことなどは考えていなかっただろう。そもそも人質がいると知っていながら、助けようともしていない」

「……」

ミゼルは答えることができない。顔を俯かせたまま震えているだけだ。

「黙っていては分からんな。どうせ、Sランクの冒険者なら何かあっても上手いこと逃げられるだろうし、運が良ければ倒してくれるとでも考えていたんだろう？　……浅はかなことだ」

タクマの指摘は図星だったのだろう。彼女は恐怖に支配されながらも、キッとタクマを睨んだ。

「どうした？　図星を指されて逆切れか？」

「貴方に、私の気持ちは……」

「分からんね。知りたくもない。だが、アンタはその浅はかな考えで、俺を利用しようとした。俺の家族が狙われたことを知っていたのにもかかわらず」

「そういうわけでは……」

「まあいいさ。領主は死んで平和になったんだ。あとはアンタの好きにすればいい。カリオ、領主の悪事についてまとめられた証拠を渡してやれ」

「……いいのか？」

「この小娘が何者で何ができるのか知らんが、貴族なんだろ？　渡しておけばいい。小娘、二度は言わないからよく聞いておけよ？　この件の報告以外で俺に関わるな。良いな。それと人質家族の捜索は最優先だ、最速で調べて報告しろ。人質に関しては俺が責任を持って再会させる」

カリオは悪事の証拠をテーブルに置き、タクマとともに席を立った。

「ま、待って！」

タクマは、引き留めるミゼルを振り返りもせずに部屋を出ようとしたのだが、ちょうどそのときにデイモートが戻ってきた。デイモートは、ミゼルの様子を見て、何か言われたのだろうと思った。

デイモートがタクマに話しかける。

「サトウ様。お嬢様に何か言ったのですか？」

「ああ、浅はかな考えで行動したことを注意しただけだ。お前ら、俺が怒らないとでも思っていたのか？　ふざけんなよ？　……まあいい。小娘には言ったが、最速で人質の家族を集めろ。再会は俺がさせる。正直、この国の貴族は信用できんからな」

「……分かりました。催促で調べて報告してみせます」

「そうか」

ミゼルの家を出たタクマたちは、いったん家へ帰るために歩きだすのであった。

22　協力と自宅へ

ミゼルの家から戻ったタクマたちは、家には入らず庭に移動してきた。

アイテムボックスからテーブルと椅子を出すと、カリオに座るように促す。ヴァイスたちは思い思いの場所で横になっていた。やはり外のほうが好きなのだろう。

カリオの対面に座ったタクマは、これからのことを話し始めた。

「とりあえず領主の件は終わったな。どうする？　家族に会いたければ、すぐに再会させてやることは可能だけど」

「そのことなんだが……他の人質の家族たちと一緒で良い。アンタはこの町で何かするんだろう？　それを手伝わせてほしい」

「手伝うと言っても、そんな大変なことをするつもりはないんだけどな」

「そうなのか？　まあ、この町のことなら多少顔が利くし、役に立てると思うから手伝わせてくれ」

カリオの気持ちは変わりそうにないので、お願いすることにした。

「じゃあ、遠慮なく頼むか。この町にいる孤児たちを集めてくれ。孤児たちを俺の家に引き取りたいんだ。ただ、無理やり連れてこなくていい。俺の家に来れば、飯に困ることも、寝る場所に困ることもない。勉強がしたいなら手配する。ちゃんとそう説明して、来たい子供だけを連れてきてほしい」

カリオが不思議そうな顔をする。

「アンタは孤児院でもやってるのか？」

「まあ、似たようなもんだ。できるか？」

「ああ、俺に任せてくれ」

「大変なお願いになってしまい、逆に悪いな」

「気にするな。ここに連れてくれば良いんだな？」

「そうだ。体調を崩したりしてる子は、先に連れてきてくれ」

孤児を集めるのを引き受けたカリオは、さっそく取りかかってくれるそうだ。

「人数は制限あるのか？」

「いや、部屋数には余裕があるから大丈夫だ」

どれくらい集まるかは分からないが、あの家なら問題なく入れるだろう。そう考えたタクマは、あえて人数に制限を設けなかった。カリオはタクマの家を出て行動を開始するのだった。

「カリオが孤児を集めてくれるとなると、俺のやることがないな」

ヴァイスが見つめてくる。

「アウン？（父ちゃん、これからどうするの？）」

「そうだなぁ。町に出てみるか？」

タクマの提案に、いつの間にかタクマのそばに来ていたみんなが反対をする。

「アン！（この町嫌い！）」

「ミアー……（僕も……）」

「ピュイー（用がないなら町には出たくありません）」

「キキキ（オイラも嫌だなー）」

「キュイ（みんなジロジロ見てたのー）」

どうやら、この町に入ったときの視線が不快だったようだ。確かに、自分たちのことを珍しい物を見る目で見ていたことには気がついていたが、思いのほかヴァイスたちにはストレスだったらしい。

「じゃあ、どうするか……トーランの自宅にでも帰るか？」

タクマがそう聞くと、ヴァイスたちは帰りたいと言ったので戻ることにした。そのまま自宅の執務室へ跳ぶと、すぐにアークスが出迎えてくれる。

「おかえりなさいませ。あちらでのお仕事は終わりですか？」

「ただいま。まだ少しやることがあるから戻らないといけないんだが、孤児を集めるのは協力者に任せることにしたんだ」

「そうですか。こちらはいつでも受け入れできるようにしてあります。ヴァイス様方はどうしますか？　今日も孤児院へ行きますか？」

アークスが尋ねると、それぞれが鳴き声で返答する。

「アン！（行くー！）」

「ミアー（遊ぶー）」

「ピュイー（今日は私も行きます）」

「キキキ！（オイラも行くよー！）」

「キュイ（僕はタクマ兄ちゃんといる）」

タクマからヴァイスたちの意向を聞いたアークスは彼らを連れて、いったん退室した。執務室に残されたタクマとジュードは、ボーッと椅子に座っていた。

「お待たせしました。ヴァイス様たちは孤児院へ送らせました」

「ありがとう。それで人質だった人たちの体調はどうだ？」

「全員体調も戻り、食欲もあります。子供たちは元気に遊んでおります」

「それは良かった」

消耗していた人質たちも順調に回復しているようで、タクマは安心した。

「タクマ様はどうされますか？」

「俺か？　そうだな、ジュードと一緒に散歩でもしてくるかな」

「そうですね、そのようにゆったり過ごしたほうがよろしいかと」

やることもないので町に出たタクマは、露店で串焼きなどを大量に購入しながら歩いていたのだが、いつの間にか教会まで来てしまっていた。

タクマを見つけたシエルが話しかけてくる。

「あら、タクマさん。来ていたのですね」

「ええ、気晴らしに散歩をしていたんですが、いつの間にか足が向いてしまったようで……」

「そうですか。でしたら、いつも通りお祈りされますか？」

「そうですね。そうさせていただきます」

シスターに促されたタクマは礼拝堂へ移動し、祈らせてもらった。


「タクマさん、お疲れのようですね」

ヴェルド様は心配そうに声をかけた。

「ええ、体力的には全く疲れていないのですが、精神的に疲れてしまって……」

「私の頼みのために申し訳ありません」

「いえ、孤児を助けるのは俺の目的にもなっていますから」

「ありがとうございます。そう言えば、あの町の子たちを引き取ったら、しばらくはゆっくりするのですよね？」

「ええ、事を急いでも、良いことないでしょうから。しばらく休もうと思います」

タクマはヴェルド様にそう言って笑いかけた。ヴェルド様はそんなタクマを見て、ニッコリと笑い返す。そして何か思いついたように告げた。

「そうだ！　タクマさんにお知らせがあるんでした！　おそらく、トーランでゆっくりしている頃に良い出会いがありますよ」

「それは、新しい家族が増えるということでしょうか？」

「うーん、それはタクマさん次第ですね」

「詳しく教えては……」

「内緒です！」

人差し指を唇に付けて、内緒だとヴェルド様は笑う。タクマもそれ以上は聞こうとしなかった。

「良いですか？　出会いを大切にするのですよ。貴方には幸せになってもらいたいのです」

そう言って話を終わらせたヴェルド様は、美しい笑顔で見送ってくれるのであった。

23　連れ帰る

タクマたちがファッシーに戻ってきたのは夕方だった。門の前でカリオが待っていたので、そのまま部屋へと入ってもらう。

「スマンな、ちょっと出かけていた」

「いや、問題ない。孤児たちだが、全部で十八人になった。明日の朝一でここに連れてくる予定だ」

「随分早いな。体調を崩していたりする子はいなかったか？」

「ああ、幸いと言って良いのか分からんが、皆元気だ」

カリオが連れてくる子供たちは体調には問題ないそうだが、皆空腹が辛いので早く行きたいと言っているらしい。

「今からでも行けるぞ。連れてこられるか？」

「ああ、問題なく連れてこられる。だが、いきなり行っても大丈夫なのか？」

「お前が呼びに行っている間に準備をするように言っておく」

子供たちが飢えていると聞いたタクマは、いち早く引き取る必要があると感じた。カリオは席を立ち、すぐに家を出た。

タクマはアークスに連絡を取る。

（アークス、今大丈夫か？）

（はい）

（引き取る予定の子供たちは十八人になった。明日にしようかと思ったんだが、かなり飢えてるら

しい。だから、これから連れていくことにした。スマンが、今から食事の準備を頼む)

(分かりました、すぐに準備を行います。それと、寝床と服の準備もしておきます)

(ありがとう)

アークスに話を通してから一時間ほどすると、カリオが子供たちを連れて戻ってきた。全員を庭に案内し、クリアをかけて綺麗にしてから家に入ってもらう。ヴァイスたちに驚いて泣き出す子はいたが、タクマの家族だと説明すると怯えながらも理解してくれた。

タクマが優しい笑みを浮かべて話しかける。

「初めまして。俺はタクマ・サトウ。これから君たちは、俺の家で暮らしてもらうことになる。心配しなくても大丈夫だ。俺の家には、君たちと同じ境遇の子たちがいる。仲良くしてくれると嬉しい」

「おじさんの家?」

一人の男の子が首を傾げている。

「ああ。そこに行けばお腹いっぱいご飯を食べることができるし、温かい寝床で寝られるようにもなる。それに、勉強だってできる。そこで君たちは新しい人生を送るんだ」

そう言ってタクマは、まだ不安そうなその子の頭を優しく撫でてやった。

「さて、俺の家はここじゃなくて移動しなきゃいけないんだけど、秘密の道具を使って移動する。俺が良いと言うまで、皆で手を繋いで目を瞑ってくれるかな?」

タクマが子供たちに指示をすると、みんな素直に聞いてくれた。タクマが、カリオに小声で話しかける。

「カリオ、一緒に行ってくれ。お前がいれば子供たちも安心するだろうしな」

「だが……良いのか？」

「ああ、お前の子供も待っている、嫁もな」

カリオはそれ以上何も言わず、子供の肩に触れて目を瞑った。全員が強く目を瞑ってくれているのを確認し、タクマは自宅の庭に跳んだ。


「目を開けて良いぞ。到着だ」

子供たちは家の中にいたはずなのに、目を開けたら庭にいることにびっくりしていた。

アークスが出迎えてくれる。

「皆様、おかえりなさいませ。私は執事のアークスと言います。これからよろしくお願いしますね。挨拶はこの辺にして、家に入りましょう。ご飯の準備ができていますからね」

アークスは子供たちを連れて家の中へ入る。食事と聞いた子供たちは嬉しそうに付いていった。

「アンタ……なんつう移動方法を使うんだよ」

カリオが驚きながら言う。

「まあ、気にするな。それよりも家に入って、家族に会え。アークスに言えば、お前の家族がいる部屋を教えてくれる。ところで俺との約束覚えているな？」

「ああ、屋敷の警備だろ？　任せてくれ」

「もしもっと人手が欲しいなら、アークスに言えば集めてくれるだろう。俺は子供たちを少し見たら、あっちに戻るよ」

カリオとタクマは家に入って食堂へ行った。そこでは、子供たちが泣き笑いの表情で食事をしていた。カリオは給仕をしていたアークスに近寄り、家族の場所を聞くと向かっていった。

タクマは子供たちに尋ねる。

「美味しいかい？」

「「「うん!!」」」

子供たちは、涙に濡れた素晴らしい笑顔で返事をしてくれた。

「そうか。これからはここが君たちの家になる。簡単に言えば、俺たちは家族になるんだ。ここで、いっぱい食べて、いっぱい遊んで、いっぱい眠って、大きくなるんだ」

「「「はーい！」」」

「俺は旅が好きだからいないことも多いけど、アークスが面倒見てくれる。彼の言うことを聞いていい子にしてくれな」

子供たちが大きな声で返事をしてくれたので、タクマが家を空けても安心だと思った。タクマはアークスに告げる。

「アークス、あとは頼むな。ファッシーの件が終わったら、しばらくこっちにいるから」

「分かりました。無事のお帰りをお待ちしています」

タクマはファッシーへと戻るのだった。

24　事件の終わり

ヴァイスたちはタクマを待ちきれなかったらしく、ベッドで眠ってしまっていた。

(今回はヴァイスたち自身がターゲットだったたし、ストレスもあったんだろうな)

タクマは、ヴァイスたちを慈《いつく》しむように撫でてやると、一人で晩酌《ばんしゃく》を始めた。久し振りのタバコを吹かしながら酒を飲み、一息つく。

「マスター、どうしたのですか？」

タクマの様子がいつもと少し違うのに気がついたナビが、心配そうに尋ねる。

「ああ。今回、自衛のために殲滅という形を取ったが、果たしてそれで良かったのかと思ってな。力に力で対抗するのは仕方ないが、あまりにも実力差があったから、蹂躙《じゅうりん》にしかならなかったんじゃないかってさ。それに、自由に生きて良いと言われているのに、最近はヴェルド様の頼み事を聞いているだけになっているのも気になってな」

考え込んでいたことを打ち明けたタクマに、ナビが笑みを浮かべて応える。

「ヴァイスたちに危害を加えられる危険を考えれば、それも仕方ないと思います。ですが、場合によっては逃げる選択もあったでしょうね。ただ、この町の場合は子供たちのこともあり、逃げられませんでしたけど。ここでの問題が終われば、しばらくはゆっくりできるんです。考える時間はたくさんあります」

「そうだな。時間はたくさんあるし、じっくりと考えるかな」

「考えることをやめなければ、きっと何かしら良い方法も見つかりますよ」

ナビにそう言われたタクマは、トーランで休む間にしっかりと考え続けようと心に決めるのだった。

それから二時間ほど晩酌を楽しんだあと、さっさと寝てしまった。


翌朝、いつも通りに起きたタクマは、庭で体を動かしていた。軽く汗ばむくらいに体を動かしていると、門を叩く音が聞こえた。

門に行くと、デイモートが立っている。

「おはようございます。朝早く申し訳ありません」

「おはよう。もう、とっくに起きていたから問題ない。入ってくれ」

デイモートを連れて庭まで来ると、タクマはテーブルを出して座るように言った。デイモートが改まって告げる。

「さっそくですが、事件の処理が終わったので報告に伺いました」

「ああ、続けてくれ」

事件の処理が早かったのは、カリオが渡してくれた証拠の数々によって、犯罪が確実に証明されたことが大きかったそうだ。

タクマに渡された報告書には次のようなことが書かれていた。

・領主が死んだため、この町の管理はファッシーの最有力貴族であるミゼルが行い、腐敗の是《ぜ》正《せい》に努めることになった。
・消し飛ばした領主邸の残骸《ざんがい》には金目の物はなかった。だが、家があった周辺をよく探してみると、地下に隠し部屋があり、そこで隠し財産を発見。発見された財産は町の管理になった。
・貴族である領主を倒したタクマだが、正当防衛として処理された。
・人質にされていた人の家族は、すでに全員確認が取れた。カリオのように領主に協力した者は、犯罪の手助けをしていたのは事実なので、罰を受けなければならない。
・判決は、この国から家族とともに永久追放。できるだけ早く出国しなければならない。

「事件が無事に処理されたことは分かった。ただ、領主の協力者はその家族を含めて永久追放か。

厳しいな」

「サトウ様が人質を救って保護したうえに、その家族を探させたということは、再会させてやりたいということだと判断しまして、あえて家族とともに追放という判決になりました」

「そうか。いろいろ根回ししてくれたんだな。じゃあさっそくなんだが、追放になるという彼らを連れてこられるか？」

デイモートは、すぐにでも連れてくることができると言うので、そうしてもらうことにした。

「じゃあ、この町の入り口に、二時間後くらいには連れてきてほしい」

「それは問題ありません。ですが、どうするのでしょうか？」

「ああ、彼らを連れて、俺たちもこの国を離れることにしたからな」

「ええ!?　タクマ様も国を離れるのですか？」

「ああ、しばらく自宅でゆっくりすることに決めた。まあ、そういうことだから、さっそく呼びに行ってくれるか？　あ、そうそう、人数を聞いていなかったな。何人だ？」

「四家族で九人です。老人もいますが、旅に耐えられるでしょうか？」

「問題ない、大丈夫だ」

デイモートは、タクマが全員を連れて国を出るとまでは考えておらずびっくりしていた。ともかくタクマが問題ないというので、すぐに迎えに行くのだった。

タクマも準備のためにすぐに行動することにした。庭で遊び回っているヴァイスたちに声をかける。

「みんな。これでこの町でやることが終わった。町の入り口で人質にされた人の家族と待ち合わせをしてるから、この家を引き払って帰ることにしよう」

「アウン！（帰ろー！）」

「ミアー（おうちに帰るー）」

「ピュイー（我が家に帰りましょう」

「キキ（ホントの家に帰ろー）」

「キュイ？（違うおうち？）」

みんなも帰る気満々だ。よほどこの町が嫌いになってしまっていたのだろう。町にさえ出たくないと主張するので、先に戻らせることにした。タクマは全員でいったんトーランへ跳び、ヴァイスたちを庭に寛いでいるように言ってから、一人でファッシーへと戻った。

それから借りていた家を綺麗に片付けて、クリアを家全体にかけた。

「これで良し！　っと」

家の遮音と結界を解き、戸締りをして商業ギルドに向かった。

受付で、今日で退去することを言って鍵を返し、そのまま町の入り口へ向かう。入り口に到着したタクマは先に町を出る手続きを終わらせ、門の近くにある木陰《こかげ》に座って待つことにした。

「……さま。サトウ様」

うたた寝をしていたようで、デイモートに起こされた。辺りを見回すと、近くに馬車が二台ある。中に、この事件で人質にされた者たちの家族全員が乗っているそうだ。デイモートが馬車のほうに向かって大声で合図すると、中から人々が出てきた。

デイモートが彼らにタクマを紹介する。

「こちらがタクマ・サトウ様だ。挨拶を」

「このたびは、我らの家族を助けて保護していただいたらしく、ありがとうございます」

「気を使わなくて大丈夫。あなたたちの家族は手厚く保護させてもらっている。安心して再会できるよ。話はあとでゆっくりとしよう」

挨拶が終わると、デイモートがタクマに告げる。

「サトウ様。この人数で移動となると徒歩では厳しいでしょう。こちらの馬車と馬はご自由に使ってください」

「良いのか？　それなりに金がかかるだろう？」

「問題ありません」

「そうか。じゃあ、ありがたく使わせてもらう。それじゃあ、行こうか？」

馬車の御者は、人質になっていた人たちの家族でできるそうだ。馬車に乗ってもらい、さっそく出発した。

一時間ほど街道を移動し、監視の目がないことをしっかりと確認してから人気のない場所へ入ると、二台を横付けして止まってもらった。

タクマはみんなに告げる。

「スマンが、御者の人も荷台に入ってもらっていいか？　ここからはとっておきの方法を使って移動するから、絶対に外に出ないように」

全員を荷台に入らせたタクマは、並んだ馬車の間に立った。そして、自分を中心に馬車を範囲に入れ、一気にトーランの自宅へ跳ぶのだった。

25　被害者たちの選択とタクマの悩み

馬車ごと自宅の庭に到着すると、そこにはアークスが待っていた。タクマたちがどうやって来るか予想したうえで、彼は庭にしっかりとしたスペースを確保してくれていたらしい。

「おかえりなさいませ。タクマ様には言われておりませんでしたが、商業ギルドから契約書を手に入れてあります。それと、領主様にも家族単位での移住者がいるかもしれないと話をしておきました」

「ありがとう、流石だな。手続きは明日でも良いだろう。それよりも、すぐにでも家族に会わせてやってくれ。俺は、彼らを馬車から降ろして待機させておく」

タクマは、アークスに家族を連れてくるように指示し、馬車の荷台を開けて、皆に外に出るように言った。

「ここは……」

困惑する彼らにタクマは言う。

「ここは、パミル王国の鉱山都市トーランにある、俺の自宅だ。君たちの家族はここで保護している。すぐに再会できるから待っててくれ」

「パミル王国ですと？　いったいどうやって……」

「それは知らないほうが良い。あとで、今回の移動方法について口止めの契約をしてもらう。先に保護した女性たちも、同じ契約をしてもらっているんだ。細かいことは、家族たちを連れてくるウチの執事に聞いてくれ」

今いる場所を説明し、契約のことを話したところで、アークスが女性たちを連れてきた。

「あなた！」

「おとーさん！」

再会を果たし、全員が涙に濡れていた。タクマは邪魔するのは野暮《やぼ》だと思ったので、庭の端で大人しく待っていたヴァイスたちのところへ向かった。

「アン！（父ちゃんおかえり！）」

「ミアー（お父さんおかえりー）」

「ピュイー（ご主人様、お疲れさまでした）」

「キキ！（みんな無事で良かったねー！）」

「キュイ？（タクマ兄ちゃん、疲れてる？）」

ヴァイスたちは木陰の下で伏せていたので、彼らの横に座る。そうして落ち着くまでゆっくりと待つことにした。

再会した家族たちは抱き合い、お互いの無事を喜んでいた。中には人質にされていた妻に、派手にぶっ飛ばされている夫もいたようだが、おおむね感動の再会になっていた。各家族の再会を見ていると、タクマの背後に人影が現れた。

振り向くことなく、タクマは話しかける。

「カリオか。家族と再会できたんだよな」

「気配を消していたのに分かるなんて自信なくすぞ。おかげで再会できたよ……まあ、キツイ一発を食らったがな」

カリオは苦笑いしている。

「それぐらいはしょうがないだろうな。訳あって人質に取られたとは聞いてるが、男が家族を守れなかったんだ」

ただ、そうやってやり合えるというのは、生きているからこそだ。どちらかが欠けてしまえば、そこには悲しみしかなくなってしまう。カリオを始め、ここにいる人たちは欠けることなく再会できた。それだけでも奇跡に近いと、タクマは感じていた。

カリオが改まって尋ねてくる。

「俺はこの家の警備を任されたわけだが、あんたのことをどう呼んだらいい？　様付けのほうが良いのか？」

「いまさらだろ。タクマでいい。形としては雇い主になるが、対等に話してくれて構わない。嫌なことは嫌で良いし、俺が間違っていれば言ってくれ」

タクマが頼むと、カリオにため息を吐かれ呆れられてしまった。

「全く、雇い主が警備の人間と対等だと？　変な雇い主だな。まあ、俺もそのほうが気が楽だがな」

カリオと笑いながら話をしていると、再会した家族たちが近づいてくる。

「タクマ様。家族と再会させてくれてありがとうございました」

「「ありがとうございました」」

「ああ、再会できて良かったな。国も越えてきたんだ。これからは第二の人生だと思って自由に暮らすといい。明日にはこの町の領主様に会ってもらう。ただ、すでに報告してあるから、この町で暮らしていくなら悪いようにはならないと思う。この町ではないところで暮らしたければ、そのための援助は俺がさせてもらうから心配しなくても大丈夫だ」

彼らは首を横に振って言う。

「タクマ様がこちらの方と話している間に話し合ったのですが、全員こちらの町に住もうと決まりました」

「そうか。だったら明日の朝に、領主様と話に行くからそのつもりで用意をしていてくれ。おそらく、アークスが当面の服などを手配していると思うから、あとで服や布団をもらってくれるか？ 仕事や住む場所が決まるまではこの家でゆっくりとしてくれ」

タクマに感謝した家族たちは、各自の部屋へと戻っていった。タクマは再びカリオのほうに顔を向ける。

「カリオ。まだ時間あるか？」

「ん？ 全く問題ないぞ。周りに異常はないしな」

タクマはカリオを連れて執務室へ移動した。

カリオが不審げに尋ねてくる。

「んで、何の話だ？」

「俺のことはアークスから聞いているか？」

「ああ、彼は領主様から聞いたと言っていたがな」

タクマは最近もやもやしていたことを、カリオに話してみることにした。

「そうか。だったら説明はいらないな。俺が話したいのは別のことだ。カリオは、人間は好きか？」

「言っている意味がよく分からんが、すべての人間を好きだと言う奴はいないだろう。多かれ少なかれ嫌いな奴や合わない奴はいる」

「確かに。ただな、俺の場合極端なんだ。好きな人はどんなことがあっても守りたいと思うんだけど、嫌いな者や喧嘩を売ってきた者は容赦なく潰すことができるんだ。しかも、潰してしまった奴には心も動かない」

「確かにそれは極端だな。だが、すべての人間を、好き嫌いの二択では決められんだろ？」

「そうだよな……」

「それに、敵だから、嫌いだから、喧嘩を売られたからといって、すべてを潰すのは違うだろ？　時には逃げることも必要だし、誰かに頼ることもしないと最後には一人になっちまう」

カリオはタクマの気持ちは分かるが、嫌いな奴も許容したほうがいいと考えていた。この世界では人死《ひとじ》にはとても多く、犯罪、獣、モンスター等多くの危険がすぐ隣にある。好き嫌いという理由で敵対していてはキリがないのだ。

「あんたの今までやってきたことを否定するようなことは言いたくないが、この世界に来て力を得たことで気が大きくなっているんじゃないか？　分かっていると思うが、力は単に力でしかない。扱う者がそれを有効に使うのか、それとも俺のように悪しきことに使ってしまうか、その違いでしかない。確かにこれまでは悪人を裁《さば》くという、しっかりとした理由があっただろうが、殲滅する必要はあったか？　痛い目に遭わせて役人に引き渡しても良かったんじゃないか？」

「……」

タクマはカリオの自虐を含めた話を黙って聞いていた。

「おそらく、アンタは相当強い。どれだけ強いのかは見当もつかない。だがな、もしアンタの力が封じられたら？　アンタを凌駕《りょうが》する者が現れたら？　それでも敵と戦うのか？　自分の好きな者のために逃げることも必要じゃないか？　誰かに頼ることも必要じゃないか？　アンタが人が嫌いというのは感じてはいるが、それでは誰も守れないし、誰も助けてくれない」

「そうだな……確かにそうだ……」

「アンタはこの屋敷にいる子供の親でもあるんだ。死ねばあの子たちはどうなる？　また町の片隅で残飯《ざんぱん》を漁らせたりするのか？　違うだろ？　だったら、休んでる間に考えろ……俺にはこれくらいしか言えないな……ちょっと熱くなっちまった」

「いや、その通りだ。ここにいる間にしっかりと考えてみるよ。言ってくれてありがとう」

「頼むぜ、雇い主。アンタがいなくなれば俺も困るしな！」

最後に冗談交じりに笑うカリオに、タクマは感謝しかなかった。カリオは、話は終わったとばかりに執務室を出ていった。

ナビが現れて、なぜか嬉しそうに話しかけてくる。

「マスター、彼は熱い人間ですね」

「ああ、だが奴の言うことは正しい。俺は力の使い方を考え直さないと駄目だ」

「マスターの近くには、私やヴァイスたちがいます。私も彼らも、守られるだけの存在ではありません。一緒に成長していきましょう」

「そうだな。俺にはナビやヴァイスたちがいる。それに新しい家族もできた。みんなで成長していこう」

そう言ってタクマはトーランにいる間に、自分の生き方を決めていくことになるのだった。

26 コラル侯爵との話

ファッシーから帰った翌日。タクマは珍しく寝坊していた。傍《かたわ》らで寝ていたヴァイスたちがタクマを揺すって起こそうとしたのだが、タクマは全く起きる気配がなかった。

「アウン（父ちゃん起きないなー）」

「ミアー？（疲れてるのかな？）」

「ピュイー（ですが、今日もやることがあったはず）」

「キキ！（じゃあ、起こさないと！）」

「キュイ？（ピリッとする？）」

タクマが起きないので、彼らは最終手段を使うことにした。ゲールが最弱の雷魔法をタクマに向かって放つ。

「うがっ！」

若干強すぎたことにゲールは冷や汗を流した。タクマの様子を見てみると、ようやく目を覚ましたようだ。

「ん、んーー。何かビリッとしたけど……」

「ミアー……（起きないからビリッとさせたら強すぎたの……）」

ゲールは正直にタクマに話すが、タクマ本人はケロッとしていた。

「そうか、起こしてくれたのか。ありがとう。遅くなったがおはよう、みんな」

起こしてくれたことに感謝をして、タクマは皆を撫でてやった。するとナビが出てきて、急いで出かける準備をするように言ってきた。

「マスター。今日は朝からコラル侯爵のところへ、あの人たちを連れていくのではないですか？」

「!!　やばい！　今何時だ？」

「すでに十時を過ぎています」

慌てて準備を整えたタクマは、アイテムボックスからサンドイッチを取り出しヴァイスたちに配った。同時に水を注いでやる。

「スマン。今日はサンドイッチで我慢してくれ」

みんなで急いで朝食を済ませ部屋を出ると、応接室の前にカリオが立っていた。

「おう、タクマ。随分寝過ごしたな。アークスからの伝言で、起きたらゆっくりで良いから領主邸に来いってさ。アークスが皆を連れて先行している」

「そ、そうか。カリオは待っていてくれたのか？」

「ああ、まあな。俺は今の伝言を預かっていたから、アンタと一緒に行くよ」

「じゃあ、さっそく行こう」

「アウン（父ちゃん）」

「ん？　どうした？」

ヴァイスたちは領主邸に行ってもやることはないから、孤児院で待っていたいそうだ。タクマは孤児院に寄ってから、領主邸に向かうことにした。


「すみませんが、ヴァイスたちをお願いします」

「ヴァイスちゃんたちは子供の相手が上手いですから。大歓迎ですよ」

そう言って歓迎してくれた女性は前から孤児院で働いている人だったので、ヴァイスたちを預けて領主邸へ向かった。

到着したタクマたちは、すぐに応接室まで通された。

「おお！　タクマ殿！　よく来たな」

「コラル様。遅くなり申し訳ありません。寝坊してしまいました」

寝坊して遅れたと正直に言って謝罪すると、コラルは大して気にしていないようだった。

「時間は決めていなかったのだから気にしなくて良い。それよりも、君の隣にいるのはカリオ君で良いのかな？」

「カリオで構いません。私はカリオ・オプスです。何か粗相《そそう》でもしてしまいましたか？」

「いいや、君も手続きをしないといけないから、二階の部屋で手続きをしてくれ。階段を上れば部屋の前にアークスが待っているから」

そう促されたカリオは、退室して手続きに向かった。

「さて、タクマ殿はあとで再入国の手続きをやろう。その前に、まずは話をしようか」

「そうですね」

タクマはファッシーの町であったことをコラルに話していく。コラルは聞いているうちに段々と険しい顔になっていった。話を聞き終わったコラルは、その表情のまま口を開く。

「なるほどな。そんなことがあったのか。彼らが生きて再会できたのは奇跡だな。そのクズが少しでも気が変わっていたら、人質全員は消されていただろう」

「そうですね。彼女たちを助けられたのはたまたまでしたが、助けられてよかったと思います。感動の再会も見られましたし」

そこで、コラルはふと気づいたように言う。

「タクマ殿。心境の変化でもあったか？　初めて会ったときよりも、表情が柔らかくなってきているな」

「そうですか？　だとしたら、少しは成長できているのでしょうか……」

「最初会ったときの君は、ヴァイスだけしか信用していなかっただろう？　私はおろか、人間をゴミのように見ている節があった。だが、今の君は違う。何と言うか、他の人たちに対しても対応が柔らかくなっている」

「そう言ってもらえると嬉しいですね」

　コラルもタクマの変化を感じているらしく、さらに言葉を続けた。

「このまま、いろいろな人と関わると良いのかもしれぬな。そうすれば、タクマ殿は人としてもっと変わっていく気がする」

「そうですね。私もそう思います」

　その後はたわいない話を続けていたのだが、コラルが急に話を変えた。

「話は変わるが、王都へはいつ頃行けるようになるのだろうか？」

「はい？　王都？　何かありましたっけ？」

「？？　……もしかして忘れているのか？　……王に会ってほしいと言ったはずだが」

「ああ！　すっかり忘れていました。確かに会っても良いと言いましたが、それには条件がありませんでしたか？　確か、コラル様が王様に直接説明を行ってからの謁見では？」

「それはそうなんだが、君が行けるときに同行すれば、手間もかからないだろう」

「そういうことですか。だったら、しばらくはトーランでゆっくりするつもりなので、十分な休息が取れたら連絡します。そのときに決めましょう」

まだ、いつ行くとは言えなかった。今はゆっくりと過ごして心を休ませたい。それにいろいろ考えたいこともあるので、急《せ》かされたくないのだ。

「そうか。これから休息を取る者に話すことではなかったな。それでは、行けるようになったら言ってくれ」

「分かりました」

「話はこの辺にして、君も再入国の手続きをしてくると良い」

そう促されたタクマは、皆がいる二階へと上がっていくのだった。

第③章

トーランでの休息

27　商業ギルドでの提案

ファッシーから連れてきた人たちの移住手続きと、タクマの再入国手続きを済ませてから、数日が経過した。タクマたちはのんびりとした日常を過ごしている。

タクマが、自宅の庭でヴァイスたちと子供たちが遊ぶのをほっこりと見ていたところ、アークスから来客を告げられた。執務室へ移動すると、一人の女性が待っていた。

タクマを目にすると、その女性はゆっくりと告げる。

「お休みのところ申し訳ありません。私は商業ギルドで働いているアルガと言います。ギルド長プロック・シェードからの伝言を持って参りました」

「そうですか。何でしょうか？」

「ギルド長の言葉をそのままお伝えしますと『サトウ様がトーランへ戻っているのは人伝《ひとづて》に聞いた。話したいことがあるので暇なら遊びに来ないか？』だそうです」

どうやら商業ギルドからのお呼ばれらしい。そういえば、ファッシーから戻っていたのに、そのことを言っていなかった。

「なるほど。では、昼くらいにお伺いすると伝えてもらえますか？」

「分かりました、確実に伝えます。それでは失礼します」

そう答えるとアルガは、そそくさと戻っていった。

タクマはため息を吐いてアークスに尋ねる。

「アークス。今の話どう思う？」

「そうですね。単純に顔を出していないから来いという意味もあるでしょうが、それだけではないでしょうな。どんな話になるかは予想できません」

「だよな。俺もそう思う。コショウを売れっていうことでもないだろうし……まあ、行ってみるしかないか」


昼になる少し前に商業ギルドに到着したタクマは、珍しく一人で来ていた。ヴァイスたちは子供たちと楽しそうに遊んでいたので、邪魔しないように出てきたのだ。何も言わずに出るとあとで小言を言われるので、アークスに言付けておいた。

「すみません。ギルド長に呼ばれているタクマ・サトウです」

「お待ちしておりました、サトウ様。すぐに案内しますね」

受付でアポを確認すると、応接室まで通してくれた。待つことなくギルド長がやってくる。ギルド長は妙に嬉しそうに話しかけてきた。

「久しぶりじゃの。派手に暴れ回っておったようじゃな」

「そうでもないですよ。楽しんで旅をしてましたし」

「ほっほっほ。楽しむだけではSランク冒険者にはなれんよ。この町の冒険者ギルドにも、そのうち顔を出しておくと良いじゃろうて」

「ギルドカードの情報を見たんですか……まあ冒険者のほうは、生産国アムスに入るのに必要だったからというだけなんですけどね」

「なるほどの。あの国は商売人には危険だからのう。それはそうと、今日呼んだのは他でもない。コショウを売ってほしいのはもちろんなんじゃが、もう一つ話があっての」

ギルド長は世間話を早々と切り上げて本題へと移った。それまで飄々《ひょうひょう》としていたギルド長の様子が、真剣なものに変わる。

「お主、商会を立ち上げる気はないか？　実は、この町で商いをしていた商会が撤退してしまったのじゃ」

「はあ」

あまりに予想外な提案に、タクマは呆《ほう》けてしまった。

「何とも気のない返事じゃのう。どうじゃ？　やってみる気はないか？」

「私は今まで商業ギルドにコショウしか卸《おろ》してはいませんが……商会をやるにはいろいろな商品を扱わないと駄目ですよね？」

「うむ。確かにいろいろな商品を扱えれば商会を大きくしやすいの」

「なぜ、私にできると思うのでしょうか？」

「勘じゃ！」

堂々とそう言い切るギルド長に、タクマは若干呆れてしまう。しかし気を取り直して話を続けていく。

「仮に、私がいろんな商品を扱えるとしても、私に商会をやるメリットは今のところありませんね。コショウを売ってさえいれば儲けは出ていますし」

「ムムム。やる気がなさそうじゃのう。じゃが、商会を運営すれば雇用も発生するじゃろ。お主が気にしている孤児たちの働く場所も増やせる」

「なるほど。そういう考え方もできますね。ですが、やっぱりそんな気はないです。今はこの町に住んでいるような状態ですが、いつか旅を再開しますし」

タクマは遠回しに断ったのだが、ギルド長はなかなか引き下がってくれない。

「君が旅を再開するつもりなのは、執事のアークスからも聞いておる。じゃが、旅をしている間は彼に商会の管理を任せれば問題ないのではないか？」

「彼には私の家の管理を任せています。これ以上は負担が大きすぎます……。今は、はっきりと言わせてもらいます。お断りします」

「そうか。今はと言うのは、考えが変わる可能性もあるんじゃな？　だったら、今はそれで良い」

タクマが毅然とした態度を見せると、ギルド長はようやく引いてくれた。強引ではあったが、コショウの話に移す。

「で、コショウのほうはどれくらい欲しいのですか？」

「そうじゃのう。両方10kg《キログラム》ずつ用意してくれると嬉しいのう。君が納品してくれるコショウは品質がダントツで、欲しがる貴族が多いのじゃ」

「良いですよ。明日にでも持ち込ませてもらいますね」

「そうか。では明日のこの時間でどうじゃ？」

ギルド長の指定した時間でタクマが了承すると、今日の話は終わりになった。最後に、ギルド長はもう一度聞いてくる。

「じゃが、商会の件はもう一度考えてみてくれんか？　君にもメリットはあるはずなのでな」

「……分かりました、よく考えてみます。良い返事ができるかは分かりませんが……」

帰り際に言われた商会を作るメリットについて考えながら、タクマは家に向かって歩き出すのであった。

28　助言とおねだり

商業ギルドからまっすぐ戻って執務室に入ったタクマは、アークスを呼んで相談をすることにした。タクマはため息を吐きながらアークスに告げる。

「忙しいのにスマン。ちょっと相談したいことがあってな」

「問題ありません。ギルドで何かありましたか？」

タクマはギルドで言われたことを、すべてアークスに話した。すると、アークスは簡単だと即答した。

「商会を作るのを躊躇《ちゅうちょ》されているのであれば、小さい規模でやれば良いのでは？」

商会の立ち上げには多額の資金を必要とし、税金も膨大な金額になる。しかし、小さい商店から始めて状況に応じて拡大していけば、初期の資金も納める税金も抑えられるらしい。

「なるほどな。確かにそれならできるかもしれない」

さらに、商会の経営をファッシーから連れてきた人たちに任せれば、彼らの自立の手助けになると、アークスは勧めてきた。

「だが、一人にだけ任せれば不満が出ないか？」

そう疑問をぶつけると、アークスはすぐに解決案を提示してきた。商店は一軒ではなく数店舗を同時にやれば不公平ではないし、それぞれ扱う商品を被らないようにすれば競合することもなく安全というわけらしい。

「数店舗の同時経営か……それには各店舗を統括する人間が必要だろう？　その場合、出資者の俺がやらなければいけないだろうが、俺は旅に出たりするしな……」

「タクマ様がやる必要はありません。商業ギルドから人を斡旋《あっせん》してもらい、その人に任せれば良いのです。その人間のチェックは私が行います」

「いや、それだとお前の負担が……」

「タクマ様、私の心配をしていただきありがとうございます。ですが、私のことを過小評価していませんか？　家の管理と商店の総括をする程度、造作のないことです」

どうやらタクマは、アークスを侮《あなど》っていたようだ。

「そうか……この町で空いている店舗はあるのか？」

「さっそく調べます。この件は進めるということで良いですね」

「ああ、お前が管理してくれるのなら大丈夫だろう。ギルド長には近いうちに話すとしよう。だが、一つ頼みたいことがある。お前ができるというのは分かったが、永遠に続けられるわけではないだろ？　だから、フォージングから連れてきたヒュラたち五人にも、仕事を教えてやってくれ」

現状はアークスだけで管理することは可能なのかもしれない。だが、後進を育てておくことは大切だ。

「分かりました。彼らにはあとで話してみます。店舗を調べるのはそれからにしましょう」

「任せっきりですまんな」

「謝らないでください。あなたは私の主であり、引き取った子供の親でもあるのです。商売で私たちを養っているのです。皆、あなたを尊敬していますよ」

「……ありがとう」

アークスは、タクマの相談に乗ってくれたうえ、その悩みを大幅に減らしてくれた。彼は執務室を出て仕事に戻っていった。

「コラル様には感謝しないとな……アークスはすごい人材だ。さて、そろそろヴァイスたちのところに行くか」

そう言ってタクマは執務室を出て、庭へと移動する。

「アン！（あ、父ちゃんだー！）」

庭に到着したとたん、ヴァイスがタクマが帰ってきたことに気がつき近寄ってきた。それに続いてゲールたちや他の子供たちも寄ってくる。

ヴァイスが急に甘えるような声を出す。

「アン！　アンアン！（ねえ、父ちゃん！　湖にみんなで行きたい！）」

「ん？　湖？　ああ、町の外のか？」

「アン！　アン！（そう！　子供たちと一緒に！）」

「ちょっと待て、子供たちも？　流石にそれは危なくないか？」

「アウン……？（ダメ……？）」

滅多におねだりをしないヴァイスが言うものだから、なかなか断りづらい。

そこへ、ナビが現れる。

「マスター、馬車を使って行けば問題ないのではないでしょうか？　マスターとヴァイスたちで護衛すれば良いことですし」

　確かにナビの言う通りだ。

「そうか、そうだな。良し！　明日の朝から行くか！　みんな町の外に遊びに行こうか？」

「タクマお父さんが一緒？」

「お父さんとお出かけ？」

　子供たちが声を上げて喜んでいるのは良いのだが、気になることがある。

「お、お父さん？」

　自然と「お父さん」と呼ばれていたのだ。子供たちがその理由を説明してくれる。

「うん！　アークスお爺さんが、僕たちはタクマおじさんの子供になったって言ってた！　だからお父さん！　……ダメ？」

　こんなふうに頼まれては、タクマに断ることなどできない。

「そうだな……お父さんで良いよ。明日はお出かけだから、夜はしっかり寝るんだぞ」

「わーい！　お父さんありがとー。僕、早く寝るー！」

「僕もー！」

「私もー！」

「アウン！（父ちゃんありがとー！）」

ワラワラと抱き着いてくる子供たちを受け止めながら、タクマはいきなり父親になってしまった不思議な気分を味わうのだった。

29　団体で町の外に

執務室へ戻ったタクマは、アークスとカリオを呼んで打ち合わせをすることにした。

アークスもカリオも頭を抱えている。

「なるほど、町の外の湖ですか。それもこの家にいる者全員でですか……」

「おいおい、そりゃ無理じゃないか？」

タクマが引き取った子供たちは総勢三十一名、それにファッシーから来た家族がカリオを含めて二十名。さらに使用人がアークスを含め十五名いるのだ。流石にその人数で移動するのは目立ちすぎる。

そこでタクマは、いつもの方法を提案してみた。

「確かに馬車で移動するなら目立つだろうな。だが、子供たちが寝ていて何も見ていないうちに移動してしまえば良いだろう。家にいる大人は全員が、俺の能力に気がついているんだろうしな」

「ああ、そういうことですか。それならば可能でしょうが、良いのですか？　切り札をそんなふうに使ってしまって」

タクマは初めから空間跳躍を使って移動するつもりだった。大所帯で行くにはそれしかない。ちょうど良い機会なので、全員の懇親会を兼ねて連れていきたいと説明する。

カリオとアークスが呆れたような顔をした。

「あんた、身内には本当に甘いな。懇親会なんて、別に家でやっても良いだろうに」

「そうですね。私もカリオと同意見です」

「確かに家でもできるだろうが、俺は子供たちにも湖を見てもらいたいんだ。まあ、俺のわがままに付き合わせて申し訳ないがな」

タクマは二人に頭を下げて頼み込む。

すると二人は、ため息を吐きながらも了承してくれるのだった。

「あんたがいれば外でも安全だろうし、今回は手伝うよ。だが、こういうことは数日前に言うようにしてくれ」

「そうですね。今からでは、準備をするにも時間が足りなすぎますから。タクマ様には事前に計画をすることを学んでもらいませんと」

「スマンな。じゃあ、全員に周知させておいてくれ。それと荷物をまとめておいてほしい。俺が収納して運ぶから」

二人はタクマの急な要望に応えるために、執務室を出て早々に動き始めた。

その後、順調に準備は進み、夕方には二人から完了したと報告を受けた。最後に、アイテムボックスに大量の食料と調理器具を収納して準備は完了した。

翌日の朝三時を過ぎた頃。タクマとヴァイスたちは湖へと移動していた。こんな時間に来たのは、予め危険を最小限にするためだ。

「さて、どうやって一帯を安全にしようかな」

「アウン？（モンスターと獣を倒すの？）」

「いや、それだと逆に強い奴を引き寄せるかもしれないから。とりあえず俺が魔力を解放してみるか」

タクマはヴァイスたちに結界を張ってから、魔力を全方位にゆっくりと解放していった。徐々に魔力を強くしていくと、湖周辺から生き物の気配が少なくなっていく。やがて湖周辺にいるのは危険のない生き物だけとなった。魔力の解放を止めしばらく様子を見てみるが、危険そうな気配は近寄ってくることはなかった。

ゲールがはしゃぎながら声を上げる。

「ミアー！（すごーい！　気配が離れていったー！）」

「今日一日くらいなら近寄ることはないだろうな。万が一モンスターが近寄っても、お前たちがいるから大丈夫だろう」

その後もしばらく様子を見ていたが、モンスターや獣はタクマやヴァイスたちの気配を覚えたらしく、彼らがここにいる限りは近寄ることはなかった。しかし全員で帰ってしまっては、モンスターが戻ってくるのではという心配があったので、ヴァイスたちには残っていてもらうことにした。

明るくなり始めた頃に屋敷へ戻ると、すでに全員が庭で待機をしていた。子供たちはアークスが使った睡眠魔法で深い眠りに就いている。

心配になり、念のためアークスに尋ねてみる。

「これ……大丈夫なのか？」

「単なる眠りの魔法です。体に影響はありませんよ。覚醒の魔法をかければすぐに目を覚ましますし」

「そうか。じゃあ、大人たちは……」

目を瞑るように言おうとしたのだが、全員が一斉に布で目隠しをしだした。そんな光景を見て、タクマは唖然としてしまった。

「みんな理解しています。ではタクマ様。お願いします」

タクマは、家に結界と遮音を施したあと、全員を範囲指定して一気に跳んだ。

「みんな、目隠しを取っていいぞ。到着だ」

目隠しを取った大人たちは、早朝の湖の景色の美しさに目を奪われていた。そうしている間に、アークスとタクマは子供たちに覚醒の魔法をかけていく。

「……ん、……おとーさん？」

「ああ、おはよう。もう湖に着いているぞ」

「え？　あ！　湖だー！　遊んで良いの？」

「ああ、遊んでおいで」

起きた瞬間から子供たちは全開だ。起きたばかりなのに辺りを走り回っている。大人たちはといえば、湖に見惚れるのをやめて、すでに竈の準備を始めていた。

タクマはヴァイスたちに声をかける。

「ヴァイス！　ゲール！　アフダル！　ネーロ！　ジュード！　子供たちを頼むぞ！」

「アン！（まかせてー！）」

「ミアー！（大丈夫ー！）」

「ピュイー（お任せを）」

「キキキ！（目を離さないよ！）」

「キュイ？（水浴びさせる？）」

「水は駄目だぞ」とジュードをたしなめつつ、タクマは準備に取りかかった。

アイテムボックスから荷物を取り出し、一時間ほどで食事の用意ができた。とはいえ、まだ朝食には少し早いので、大人たちにも自由に過ごしてもらうことにした。

30　子供たちの笑顔とタクマの過去

湖に来た子供たちは、初めて町の外に出たのでテンションが高い。大人の目の届く範囲ではあるが、思いっきり走り回っていた。ヴァイスたちは辺りの様子をチェックしながら、子供たちのお守りをしている。女性たちは使用人と連携して、大量の食事を作って盛り付けていた。

タクマはその様子を湖の畔《ほとり》で眺めている。

そこへ子供の一人が声をかけてきた。

「おとーさん！」

「ん？　どうした？」

「ヴァイスたちと追いかけっこ以外で遊びたいー」

「じゃあ、これを投げてみたらどうだ？」

そう言ってタクマは、アイテムボックスからフライングディスクを取り出し、子供たちに見せてやった。

「これはー？　どうやって遊ぶの？」

「やって見せようか。ヴァイス！」

タクマはヴァイスを呼ぶと、そのままディスクを投げた。ヴァイスはディスクを追って走っていき、ジャンプして咥《くわ》えて着地した。

子供たちが歓声を上げる。

「ヴァイスすごーい！」

「ヴァイスはこれが好きだから、順番に投げてやるといい」

ヴァイスが咥えて戻ってきたディスクを受け取り、子供に手渡してあげた。一枚しかないので順番にやるように言うと、元気な返事が返ってくる。

そうして遊ばせているうちに朝食の時間になり、使用人が呼びに来た。

行儀よく席に着いた子供たちは、口いっぱいに頬張り幸せそうな笑顔で食事を進めていく。

タクマがそんな光景に目を細めていると、背後から声がかかる。

「この顔を見ると、こっちも幸せな気分になるな。そう思わないか？」

「カリオか……そうだな、子供たちの笑顔は心が落ち着くな。だが、急にどうした？」

「いやな、俺はアンタの強さと容赦なさは知っているが、子供たちを見てそんな顔をしてるのが意外でな」

カリオは敵と戦っているときと、こうして子供たちを見ているタクマの表情のギャップが、あまりにも大きすぎて驚いているようだ。

「俺にだって子供が可愛いという感情は普通にあるさ。しかも自分で引き取った子供だぞ。可愛い

に決まってるだろ」

「へー。そりゃ悪かったな。だが、今のまま独身で子供を育てるのはどうなんだ？」

カリオはタクマに伴侶《はんりょ》がいないことを聞いていた。そしてそれは子供たちにとって良いことではないと思っていた。使用人がいても、それは世話をする人であって親ではない。子供たちにとって親は、タクマだけなのだ。

「とは言ってもな。嫁なんてすぐに見つかるようなもんじゃないだろ」

こちらの世界に来てから、タクマはなるべくそのことは考えないようにしていた。だが、子供たちが増え、これからも増える可能性があることを考えると、確かに女親は必要だと感じていた。

「確かにすぐには見つからんだろうが、あんたは惚れた女とかいないのか？」

「ああ、こっちの世界ではいないな……」

カリオはタクマの隣に座り、じっくり話を聞く姿勢になった。

「こっちの世界ではか……元の世界では惚れた奴がいたのか？」

「ああ、彼女は同じ歳で俺の幼馴染《おさななじみ》だった。結婚も約束していたんだがな……俺が30歳のときに事故で亡《な》くなった。それからはずっと一人だ」

それからタクマは、ポツポツと過去を話し始めた。

タクマには、子供たちと同じで親がいない。それが原因で若い頃は荒れていた。そんなタクマを暗闇から救ってくれたのが、幼馴染の女性だった。

彼女はどん底のタクマを支え、いつでもそばにいてくれた。彼女の支えのおかげでタクマは立ち直り、就職することもできた。

ついにタクマは彼女にプロポーズをして、ＯＫをもらう。だが、入籍する前日に、彼女は事故で亡くなってしまったのだ。

タクマの話に聞き入っていたカリオが口を開く。

「そうか……亡くなっているのか……悪い、思い出したくなかっただろ」

「いや、この世界に来て子供を引き取り始めてから、たまに思い出すんだ。彼女は子供が好きでな。仕事も保育士という、子供を世話する仕事をしていたんだ」

「なるほどな。あんたが自分の身内を過剰に守ろうとしているのは、そこから来てるのか……」

カリオはそんな重い話になると思っていなかったらしく、若干オロオロしていた。タクマはそんなカリオをよそに落ち着いた口調で話し続ける。

「そうだな。確かに過剰なんだろうな。でも自分の身内を失うのはもう嫌なんだ。だから、守るためには容赦ないこともした。それに後悔はない。だが、これからは力だけではない何かを探しながら、皆で生きていこうと思ってる」

「なるほどな。力を持ちすぎるとそれに頼っちまうか。アンタも人間なんだな。だったらなおさら嫁をもらえ。子供たちのためでもあるが、何よりアンタのためだ」

そう言ってカリオは立ち上がると、周辺の警戒へと戻っていった。

「嫁か……夕夏《ゆうか》……どうしたら良いんだろうな、俺は」

そう呟きながら、タクマは空を見上げる。

「アウン？　アン（どうしたの？　父ちゃん。悲しい顔してる）」

いつの間にか近くに来ていたヴァイスが心配そうに聞いてくる。

「ああ。昔亡くなった人を思い出してな。彼女がここにいれば、今のこの様子を喜んだだろうなって考えていたんだ」

話を聞いていたヴァイスは黙ってしまった。そしてゆっくりとタクマに寄り添うのだった。

「ありがとうな。もう大丈夫だ。せっかく遊びに来たんだ。みんなで何かするか？」

タクマはヴァイスを撫でて気を取り直すと、ヴァイスとともに子供たちのほうへ歩きだすのだった。

31　アークスの悩み

自分の過去を語ったことで少しテンションが下がったタクマだったが、ヴァイスとともに子供たちと遊ぶことで気分は晴れていった。

子供たちも普段は来られない場所なこともあり、はしゃいで動き回っている。中には勢い余って転んだりしている子もいたが、それでも楽しそうだ。その様子を見ているだけで、タクマの心は癒された。

「タクマ様。みんな喜んでいますね」

タクマの後ろから声をかけてきたのは、アークスだった。

「ああ。こんなに楽しそうなら連れてきた甲斐があるな」

「私たちも滅多に町から出ないので、良い気晴らしになっております」

「そうか？　だが、急に決めてしまってすまなかったな」

タクマは思い付きで決めてしまったことをアークスに詫びた。すると、彼は柔らかく笑って言う。

「確かに急ではありましたが、そこまで大変ではなかったですよ。まさかタクマ様が、切り札を使ってまで連れてきてくださるとは予想していませんでしたが」

「流石にこの人数を馬車で移動させるのは大変だろうしな。まああと、この移動方法は俺にとっては切り札ではないんだけどね。周りがそう思ってくれてれば楽だけど」

「ほほう。タクマ様にとっては切り札でも何でもないことだったのですね。タクマ様の限界はどこにあるのでしょうか？」

アークスの口調がどこかタクマを案じるようなものだったので、タクマはアークスのほうを見た。

そして、自らの限界について思いを巡らせる。

「限界か……正直分からないな。この世界に来てから本気で戦ったことはないし」

「なるほど。ご自分でも分からないのですね……限界の話から変わってしまいますが、タクマ様は回復魔法などは使えますでしょうか？」

アークスは唐突に話を変えた。何かを思いついたらしい。

「ん？　回復魔法か？　あまり使うことはないけど、一応使えるぞ。それにネーロも回復魔法の使い手だな」

「お願いがあるのですが、良いでしょうか？　自らの主人に頼むなどおこがましいと思うのですが、他の回復魔法の使い手では無理だったので……」

そう言ってアークスは思い詰めたような表情をした。

「誰か具合でも悪いのか？」

「はい、私の妻です」

聞いてみると、アークスの妻は違う町で療養しているそうだ。怪我が原因で失明しており、通常の生活が送れないらしい。今まで何人もの回復魔法の使い手に診てもらったが、光を取り戻すことはできなかったという。

アークスが真剣な表情で頼み込んでくる。

「お願いします。どうか私の妻を診てはいただけませんか？　彼女に孫を見せてやりたいのです」

「構わないぞ。というか何で早く言わないんだ？　アークスの家族なら二つ返事でＯＫするというのに。ただ、診てみないことには治るかどうかは分からないがな」

「良いのですか？　普通、使用人の家族のことなど気にする主人はおりませんよ」

アークスはタクマの軽い反応に驚いていた。

「まあ、俺は普通じゃないしな。それに、俺の家にいる人はすべて家族だと言っただろう。それは使用人でもだ。とりあえず、家に戻ったら場所や詳しいことを教えてくれ」

「あ、ありがとうございます」

アークスは何度も頭を下げた。

その後タクマは夕方になるまで、子供たちと思い切り遊んだ。体力の限界まで遊んだ子供たちは、帰る頃には全員寝てしまった。

大人たちは子供たちを一か所に集めて寝かせ、自分たちも目隠しをした。全員を家へ連れ帰ったタクマは、夕食を簡単に済ませてから、各々を部屋へと戻らせた。ヴァイスたちもたくさん遊んだせいか、すでに眠る寸前だったので、先に部屋へ行かせた。

一人執務室へと移動したタクマは、アークスを呼び出す。アークスから頼まれたことを早く解決してやりたいと思ったのだ。入ってきたアークスにタクマは問う。

「で、奥さんが悪いのは目だけなのか？」

「いえ、怪我のせいで寝たきりになっております」

アークスの妻は、どうやらなかなか大変な状態らしい。

「そうか……じゃあ、早く診てやったほうが良いな。奥さんはどこにいるんだ？」

「妻はメルトで療養しております。私の故郷がメルトなので、知り合いに世話を頼んでいます」

メルトはタクマがこの世界で初めて訪れた町である。

「メルト？　運が良いな、アークス。そこなら今すぐにでも行ける。故郷とはいえ随分離れたところに住まわせているな」

「そうですね。かれこれ三年ほど会っておりません」

そう言ってアークスは悲しそうな顔をする。

「家族が離れるのはいただけないな。どうする？　今から行くか」

「流石に夜に行くのは良くありませんので、明日にお願いしてもよろしいでしょうか？」

夜の訪問は断念し、明日の朝一番で向かうことにする。アークスは一日休みを取って一緒に来るそうなので、仕事の引継ぎをするために部屋を出ていった。


翌朝、いつも通り五時過ぎに起きたタクマたちは、アークスとともに庭へと出た。アークスは久々に妻に会うということで、たくさんのお土産を持っている。

「それじゃあ、行くか」

いきなり町の中に跳ぶのはまずいので、メルトから５㎞ほど離れた場所に跳んだ。

「ここは……」

「ここはメルトから少し離れた場所だ。ここからは少し歩くから、荷物を預かろう」

アークスから荷物を預かったタクマは、アイテムボックスに収納し歩き始めた。一時間ちょっと歩き、ようやく町の入り口が見えるところまで来る。

入り口が大きくなってきたところで、懐かしい顔が見えてくるのだった。

32 治癒

「よう。久しぶりだな」

何事もなかったように門番のカイルに話しかけたタクマだが、返ってきた返事は拳《こぶし》だった。

タクマに気がついたカイルが全力で殴りかかってきたのだ。それを片手で受け止めたタクマは、カイルに笑いかける。

「久しぶりなのに随分なご挨拶だな」

「お前が悪い！　何で俺に何も言わずに旅立った！」

メルトでちょっとした騒動を起こしてしまったタクマは、逃げるようにこの町を去ったのだった。

「あー、あのときはいろいろあってな。まあ、また会えたし良いだろ」

「相変わらず太々《ふてぶて》しい野郎だ。んで、町に入るのか？　それにしても……随分可愛いのが増えたな」

カイルはヴァイスたちを見て呆れていた。

「まあな。大事な俺の家族だ。ほら、カードだ。手続きを頼む」

「預かるぜ。で、今日は何の用でこの町に来たんだ？」

タクマは視線をアークスのほうに向けた。

「そこで手続きをしているアークスの奥さんが、この町で療養しているんだ。俺はそれを診るために来た」

アークスと聞いて、カイルは突然慌てだした。

「アークス？　あ‼　アークスさんじゃないか！　お久しぶりです。お元気でしたか？」

どうやらカイルとアークスは知り合いのようだ。アークスは元々Aランクの冒険者で、カイルは子供の頃に彼から戦闘訓練を受けていたそうだ。

アークスが懐かしそうに言う。

「おや？　カイルじゃありませんか。久しぶりです。相変わらず落ち着きがないですね」

「これでも落ち着いたって言われるんだけど……」

カイルは完全に縮こまっていた。

「まだまだ足りませんね。もう一度修業しなおしますか？」

「勘弁してください。もう修業は嫌です……」

カイルはアークスには頭が上がらないらしく恐縮していた。

「今日は、タクマ様に妻を診てもらうために案内して来たのです。手続きも終わったみたいですし、入ってもよろしいですか？」

「あ、はい。どうぞ。ん？　タクマ様？」

カイルが一瞬眉根を寄せる。

「タクマ様は私の主ですよ、カイル。主に様付けは普通です」

「はーーー？　こいつがアークスさんの主？」

衝撃の事実を聞いたカイルは、タクマとアークスを交互に見て固まってしまった。

「おい、おーい。なんか大げさだな。とりあえず今は急いでるから放っておこう」

もう一人いた門番の青年に、あとで顔を出すとカイルへの伝言を頼んで、アークスとともに町の中へ進んでいった。

アークスが案内してくれたのは、比較的大きい家が建ち並ぶエリアの端だった。一際手入れが行き届いた真っ白な壁の綺麗な家に、アークスの奥さんは住んでいるという。

扉をノックすると、中から男が現れた。

「アークスじゃないか！　ようやくシルクさんを見舞いに来たか！」

「ああ、ランス。シルクを診てくれる方を連れてきたんだ。中へ入って良いかい？」

ランスはアークスの冒険者時代のパーティメンバーで、厚意でアークスの奥さんの面倒を見てくれているらしかった。

アークスとタクマは家の中へ招き入れられたが、ヴァイスたちは流石に入るわけにはいかないので、庭へと案内される。ネーロは奥さんの治療に必要なので、タクマの肩に大人しく座らせて連れていくことにした。

ランスが病人のいる部屋へ案内してくれた。

「シルクさん、入るよ。今日は珍しい人が来たよ！」

「ランス。騒がしいわ。誰が来たのかしら？」

そう答えた奥さんのもとへ、アークスが駆け寄る。

「私だよ、シルク。遅くなってすまないね」

「その声は……アークスなの？　ああ、来てくれたのね……待ちわびたわ」

久しぶりに再会した夫婦は、人目も憚《はばか》らずに抱き合って再会を喜んだ。タクマはランスに肩を叩かれ、部屋を出ると応接間へと案内された。

「すまんな。久しぶりの再会なんだ。二人きりにしてやりたくてな。今、お茶を出すから座ってくれ」

ランスに促されてソファーへ腰を下ろすと、すぐにお茶が出てくる。タクマがお茶を啜《すす》ろうとすると、ランスが話しかけてくる。

「そういえばアンタはシルクさんを治しに来たんだよな？　彼女は治るんだろうか？」

「どうかな？　診てみないと何とも言えないな」

「そうか……だが、アークスが自ら連れてきたんだ。今までの奴らよりは期待できる」

「まあ、頑張ってみるさ。シルクさんは寝たきりで目が見えないと聞いたんだが？」

事前に聞いていたことを確認したところ、情報に間違いはなかった。ただし、それに加えて最近は食欲もなくて、かなり衰弱しているそうだ。

「そうか。急いで来たのは正解だったな。アークスが来たら、すぐに診よう」

ネーロも心配しているようで、タクマの顔を覗いてくる。

「キキ？（ご主人、体悪い人治す？）」

「ああ、ネーロも手伝ってくれるか？」

「キキ！（もちろん！）」

お茶を飲みながら待っていると、アークスがやってきた。

「タクマ様、申し訳ありません」

「気にしなくて良い。奥さんとゆっくり話せたか？」

「はい。治らない可能性もあることも言ってあります」

「そうか。じゃあ、さっそく診よう」

タクマとアークスはシルクの部屋に向かう。タクマはベッドに横たわるシルクに話しかけた。

「初めまして。私はタクマ・サトウと言います。今日はよろしくお願いします」

「いつもアークスがお世話になっております。妻のシルクです。こんな姿で申し訳ありません」

「お気になさらず。さっそくですが診させていただきます。体の力を抜いて、気楽にしていてください」

タクマは鑑定を使用してシルクを診た。

【名前】：シルク
【種族】：人間
【能力】：家事（極）、料理（極）
【異常】：視神経異常（角膜《かくまく》、水晶体《すいしょうたい》には異常なし）、脊髄損傷《せきずいそんしょう》による下半身不随《ふずい》

ステータスの異常の項目には、かなり重そうな症状が並んでいた。

（ネーロ、これは治るか？）

（オイラには無理かもー。ごめんなさいー）

どうやらネーロには難しいらしい。ネーロは地面に座り込んで落ち込んでしまった。タクマはネーロを慰めながらナビに確認する。

（ナビ、俺ならできるか？）

（大丈夫だと思います。ですが、寝たきりによって失われた筋力は回復しないので、訓練が必要になります。治癒自体は私もフォローさせていただきます）

治癒の方向性を決めたタクマは、アークスとシルクに伝える。

「おそらく治癒は可能だ。だが、普通の生活に戻るには筋肉を付けないとだな。目のほうも良くなると思う」

「本当ですか？　シルクは治るのですか？」

「ああ、まずは寝たきりになった原因を治していこう」

タクマはシルクをうつぶせの格好にすると、魔法を行使した。

イメージは、脊髄の損傷を元に戻し、傷付いた神経を繋ぐという感じだ。シルクの体は薄く光り、特に怪我をしていた辺りが明るく輝いていた。しばらくして光が収まったあと、仰向けに戻し確認していく。

「ゆっくりで良いので、まずは足の指を動かしてみましょう。身体が固まっているのでゆっくりです」

彼女の指は無事に動いた。そのあと各関節を動かしてもらったが、それも問題なく動かすことができた。

シルクとアークスは感動のあまり泣いていた。二人が落ち着いてから次の段階に進む。

「アークス。スマンが部屋を暗くしてくれ。もしかしたら、回復して急に光を見ると危ないかもしれん」

「分かりました。すぐに準備します」

アークスは迅速に窓を布で塞いでいく。薄《うっす》らとお互いの姿が確認できるくらいに暗くした部屋で、目を治していくことにした。

「良いと言うまで目を瞑っていてください。では、いきます」

視神経を修復し、目が見えるように、と思いながら魔法を行使した。先ほどと同じように体が輝き、目のあたりが強く光っている。

(目も光るのか……大丈夫かな？)

(おそらく大丈夫かと思います)

若干心配になってしまったが、ナビの返答で安心する。光が収まってから話しかけた。

「それでは、ゆっくりと目を開けてもらえますか？　良いですか、ゆっくりですよ。眩しかったらすぐに言ってください」

シルクは頷きゆっくりと瞼《まぶた》を開けていく。どうやら、眩しさは大丈夫なようだ。

「……ます。見えます。ああ……、またこの目で物を見ることができるなんて……」

アークスに指示をして、部屋の明るさを元に戻してもらった。どうやら暗くしなくても良かったようだが、こんなふうに目の治療をするのは初めてなので仕方ない。

「どうですか。ハッキリ見えていますか？」

「は、はい、しっかりと天井が見えております」

「それは良かった。それではもう少し体が楽になるように、この子が回復魔法をかけますので」

「キキ！（元気になーれ！）」

ネーロが魔法をかけると、彼女の体に変化が起きた。

先ほどまでは、治ったとはいえ関節が固まっていたので身じろぐぐらいしかできなかったのだが、随分楽に動かせるようになっていた。

アークスは妻のシルクと抱き合い、治ったことを喜んでいた。タクマは二人の邪魔をしないように、黙って応接間へ移動するのであった。

33　懐かしい再会

タクマが応接間へ戻ってくると、祈るように手を合わせているランスがいた。タクマはその背に声をかける。

「ランスさんだっけ？　無事に治ったぞ」

「本当に、本当に治ったのか？」

「ああ、あとは運動をして筋力を戻せば、普通の生活ができるようになる」

「そうか！　本当にありがとう！　こうしちゃいられねぇな。今日は宴《うたげ》にしないと！」

ランスはシルクが治ったことをとても喜んでいた。

「宴は良いんだが、俺は少し出掛けるから、アークスにはゆっくり待っておくように言っておいてくれないか？」

「ん？　町に出るのか？」

「町に知り合いがいてな。ちょっと会ってくるからと言っておいてくれ」

伝言を頼んだタクマはヴァイスたちと合流し、町へと出た。

そのまま町の入り口まで来ると、カイルを呼び出してもらった。

「タクマ！　来やがったな！　いつの間にアークスさんと知り合ってたんだ？」

「落ち着いたようだな。アークスとは領主のところで知り合ったんだ。それよりも、この町を出るときは悪かったな。急いで出る必要があったんだ」

「話は聞いているが、逃げるように出ることはないだろう。悪いことをしたわけじゃないんだし」

確かにタクマに非はなかった。だが、暴力沙汰《ぼうりょくざた》を起こして世話になった宿の家族に迷惑をかけたのに、そのまま滞在することはできないと思ったのだ。それをカイルに伝えると、彼もしぶしぶではあるが理解をしてくれたようだ。

「あのあと、お前が借りていた部屋に金が置いてあって驚いていたぞ。俺が、迷惑料で置いていったのだろうからと言っておいたから、受け取ってくれてはいるがな」

「そうか。それで間違いない」

その後は彼らも落ち着き、人に怯えることもなく、今も宿を営んで普通に生活をしているそうだ。

「そうか。トラウマにならなくて良かった」

「トラウマ？」

聞き慣れない言葉にカイルが問う。

「あまりに辛いことを経験すると、急に恐怖が蘇ったりするんだよ」

「ああ、あるな！　俺も経験がある」

そう言って身震いするカイルを見て、タクマは気になっていたことを聞いてみることにした。

「お前のトラウマはアークスか？」

「ああ……あの人の修業は地獄だったなぁ……」

カイルは昔のことを思い出したようで、どんどん顔色が蒼白になっていく。そして、顔を俯かせブツブツと言い始めた。

「無理だって……俺の腕はそっちに曲がらないよ！　それにあんなモンスターに勝てるわけない！」

髪を振り乱しながら過去の恐怖に抗うカイル。その姿に、タクマはドン引きしてしまった。

「おい！　落ち着け！　深呼吸しろ！」

異常なカイルを見たヴァイスたちも引いていた。

「アウン？（この人ヤバくない？）」

「ミアー（何か怖いねー）」

「ピュイー（放っておきなさい。関わると面倒です）」

「キキキ？（アークスがこんなふうにしたのかな？）」

「キュイ？（怖いから燃やす？）」

物騒なことを言うジュードをスルーして、タクマはカイルが落ち着くまで近くの木陰で待つことにした。しばらくすると、正気を取り戻したカイルがタクマの前に来る。

「スマンな、取り乱した」

「まあ、仕方ないだろう。それよりも、アークスは何者なんだ？　俺たちは執事としか思っていなかったんだが？」

カイルが言うには、アークスはこの町の冒険者で一番強かったそうだ。ランクはAで子供たちの憧れだった。話し方が柔らかく、強くて優しい。そのため冒険者を辞めた今でも慕われているらしい。奥さんの怪我が原因で冒険者を辞め、トーランで主を見つけたことは聞いていたそうだが、まさかタクマの執事をしているとは思わなかったと。

ふと、カイルが尋ねてくる。

「そういや、相変わらず行商人やってるのか？」

「ああ、肩書が増えはしたが行商人は続けているぞ。今はトーランに拠点を買って、休息を取っているんだ」

「肩書？　何だそれ？　偉くなったのか？」

「いや、他国に行く用事があったときに冒険者にもなったんだ。ほれ、これだ」

偽装カードであることは言わないほうが良さそうなので、冒険者になったことにして、冒険者カードをカイルに手渡す。

「へー、お前が冒険者ねぇ……って！　Sランク？？　マジか！」

「ああ、マジだ。まあ、資格だけって感じだけどな」

カイルはマジマジとタクマを見たあとでカードを返す。

「まあ、強いのは知ってたが、まさかSランクとはな。ビックリしたぞ。ああそうだ、シスターがお前を心配していたから行ってみるか？」

「ああ。俺たちは教会に行くが、お前はアークスのところに行ったほうが良いんじゃないか？　恩人の奥さんが治ったんだし、挨拶くらいはしないと」

カイルが目を丸くする。

「シルクさんが治っただと？　……お前が治したのか？」

「そうだ。だから、知り合いにでも声をかけて、行ってやったらどうだ？」

「そうか！　ありがとな！　シルクさんも俺の恩人なんだ！　ダチを誘って会いに行ってくるよ！」

カイルはそう言って、タクマを置き去りにして走っていってしまった。

「全く、忙《せわ》しない奴だなぁ。さて、久々にシスターに挨拶に行くかな」

タクマがそう呟くと、ヴァイスが反応する。

「アウン（シスター元気かなぁ）」

「ミアー？（お父さんとヴァイスの友達？）」

「ピュイー（ご主人様のお知り合いなら挨拶をしませんと）」

「キキ（どんな人か楽しみー）」

「キュイ？（ご飯くれる？）」

やっぱり今回もジュードはボケてくる。

「ご飯はあとでな。シスターはミナといって、俺とヴァイスがこの町に来たときにお世話になった人だ。失礼のないようにな」

「（（（はーい！）））」

それからタクマたちは、教会まで歩いて移動する。教会の門の中で、シスターのミナが掃除をしていた。タクマが声をかける。

「シスターお久しぶりです。覚えていらっしゃいますか？　タクマです」

「タクマさん！　お久しぶりですね。お元気そうで何よりです。ヴァイス君もお元気そうで」

「アウン！（久しぶりー！）」

驚きつつも笑顔を見せるミナに声をかけられ、ヴァイスは嬉しそうに尻尾を振る。

「あら？　こちらの子たちは？　初めまして、私はシスターのミナです。みんなよろしくね」

「ミアー！（こんにちはー！　よろしくー！）」

「ピュイー（よろしくお願いします）」

「キキ！（優しそー。よろしくー！）」

「キュイ！（こんにちはー！）」

ゲール、アフダル、ネーロ、ジュードがそろって挨拶した。タクマはミナに一匹ずつ紹介していく。ミナは動物好きらしく、ヴァイスたちを優しく撫でて歓迎した。

「みんな、良い子たちですね」

「ええ、みんな最高の家族です」

「そうですか。あら、こんなところで立ち話も何ですから、中へ入りましょう」

久しぶりの再会を立ち話で済ませるのは駄目だと言って、ミナはタクマを応接室まで案内する。

「本当にお久しぶりですね。元気そうで良かったです。あんな旅立ちをなさったので、ずっと気になっていたのです」

「確かに、あまり良いとは言えない別れ方でしたね」

タクマはメルトでの旅立ちを思い出しながらミナと話し始める。ここまでの旅であったことや、家族との出会いのことまで細かく話した。

「そうですか……アフダルとネーロはヴェルド様の神使。ゲールは元の世界から。しかもドラゴンまでですか。なかなか濃い時間を送っていますね」

ミナは心底驚いたような顔をしていた。

「そうですね。こちらに落ちてきてからは忙しく動いていましたね。今は少し休息をしてますが、しばらくしたら旅を再開させようとは思っています」

「それにしても、孤児たちを引き取って回っているのは素晴らしいことですね。子供たちは可愛いですか？」

「可愛いですね。みんな懐いてくれていますし、何よりヴァイスたちと仲良くしてくれていますから」

タクマが、子供たちとの生活を謳歌していると聞いて、ミナは嬉しそうな顔をした。ミナはタクマがメルトを旅立ったあとも、彼のことを随分気にかけていたようだ。

ミナが表情を曇らせて言う。

「結構な事件を軽く話していますが、普通の人ではいくつ命があっても足りないですね。今は自分だけの体ではないのです。あまり無茶してはいけませんよ。残される人の気持ちを考えて行動してくださいね」

「はい。ありがとうございます。自分でも最近は考えるようになりました。これからは、危険なことにならないように行動します」

タクマはそう誓うと、ミナが思い出したように尋ねる。

「そういえば、カイルには会いましたか？」

「はい。門の前で殴りかかってきましたね」

「そうですか。ただ、彼もタクマさんのことを気にかけていました。だから、何も言わずに旅立ったことに腹を立てたのでしょう。許してあげてくださいね」

「許すも何も、こちらに非がありますから。素直に謝りましたよ」

そんなふうにしばらくシスターと雑談を続け、楽しい時間を過ごした。

「今日はお祈りしていかれますか？」

「そうですね。せっかく来たので祈っていこうと思います」

みんなで礼拝堂まで移動をすると、そこには前と変わらない女神像があった。いつも通りに片膝をつき、祈りを捧げる。


「あら、タクマさん。メルトに来ていたのですね」

「ええ。ヴェルド様はお元気そうで」

「ふふふ。この空間には病気も怪我もありませんからね。それにしても、しっかりと休息を楽しんでいますか？」

「はい。毎日ゆったりと過ごしています」

タクマがのんびりできていることを報告すると、ヴェルド様は笑みを浮かべた。

「タクマさん。いつもお願いを聞いてもらってありがとうございます。ですが、断っても良いのですよ？　子供たちを救ってくれと頼んだのは私ですが、必ずしも引き受けなくても良いのです。あなたの自由を奪ってしまっているようで申し訳ないです」

すまなそうに言うヴェルド様に、タクマは優しく返答する。

「自由を奪われたとは思ってないですよ。むしろ感謝しています。子供たちを引き取ったことで、自分の無謀さが理解できましたし。ただ、この先引き取る子を増やすのは、家に住まわせている家族たちが自立してからになりますね」

実は、子供を引き取るにも部屋がなくなりそうになっていた。

「タクマさん、何度も言いますが、自由に生きてください。そして楽しく幸せな人生を送ってくださいね」

そう言ってヴェルド様は、微笑みながらタクマを見送ってくれるのであった。


お祈りを済ませたタクマたちは教会をあとにして、アークスの家へ向かった。すると、アークスが出迎えてくれる。

「おかえりなさいませ」

「もう落ち着いたのか？」

「はい。妻は少し休ませています」

アークスたちも落ち着きを取り戻し、見舞い客も一段落したそうだ。応接間に通されたタクマは、これからのことをアークスと話すことにした。

「何とか治せて良かったよ。それで、シルクさんの生活のことなんだが……」

「そうですね……お許しいただけるなら、トーランで一緒に暮らしたいと思うのです」

「俺は構わないぞ。夫婦は一緒に暮らしたほうが良いだろう。トーランの領主邸には息子さんも住み込みで働いているから、気軽に会えるだろうしな。それにトーランに住んでもらったほうが、彼女に異変があったときに俺が対応できる」

「ありがとうございます」

「奥さんは筋力がかなり落ちているから、元の生活に戻るには相当な時間がかかるだろう。だが、家にいる子供たちと一緒に生活していれば、早く筋力も付くだろう」

「はい。妻は子供好きですから、子供たちと生活するのは嬉しいでしょう」

「まあしばらくは休みつつ、ゆっくりと鍛えれば良いさ」

これからの生活についても話が済んだので、奥さんが起きるまでのんびりと待つことになった。

34 帰宅

応接間にはカイルもいたので、シルクが起きるまで話して待っていることにした。ヴァイスたちも、庭でのんびりと待っている。

カイルが感心したように言う。

「いやー。まさかシルクさんの怪我が治るとはなー。タクマ様々だな！」

「俺が治したのは確かだが、今回はたまたま治せただけだ。何でも治せるとは思わないで欲しいな」

カイルの言葉にタクマは少々顔を歪《ゆが》めて答える。確かに今までの魔法使いでは治せなかった病を治せたのは事実だが、今後も同じように救えるとは限らないのだ。なのでカイルには言いふらさないように釘を刺しておく。

「分かってるさ。いくらタクマがすごくても治せない病もあるよな。それに誰でも救うわけではないだろうし」

「俺は、誰でも救うほど殊勝な人間ではないからな。ただ、自分の身近にいる人は救いたいとは思ってるよ」

「それで良いじゃねえか。お前の場合、隠さないといけないことも多いからな。今回のシルクさんの件は伏せておくぜ」

「スマンな」

カイルは思いのほか、物分かりが良い男だった。だが、心配なのはランスである。彼はタクマの正体など知らない。

「ランスさんも、あまり言いふらさないでくれないだろうか？」

「何でだ？　治ったことは良いことだし、アンタが治したってのも実力者の証拠だ、隠すことじゃないだろ？」

「実力があることをあまり知られたくないんだ」

「……本人が望んでないなら言わないぜ。アンタはシルクさんを治してくれた恩人だしな！」

ランスも快くタクマのお願いを聞いてくれたので一安心だ。しばらくそうして応接室で話をしていると、タクマはシルクの部屋で気配が動いているのに気がついた。

「アークス、シルクさんが目覚めたようだ。見てきてくれるか？　起きていたら、話もあるし部屋へ行くよ」

「分かりました」

様子を見に行ったアークスはすぐに戻ってきたので、そのままシルクの部屋に移動する。

「失礼します。どうですか体調は。違和感などはありますか？」

「いえ。目もよく見えていますし、足も動きます。ただ、力が入りませんね」

「長い間寝たきりだったので、筋力が落ちているんです。明日からでも少しずつ運動していきましょう。それと、これからどうしますか？　私としましては、アークスとともにトーランで過ごしたほうが良いと思うのですが。家族はできる限り一緒のほうが良いでしょうし」

家には子供たちもたくさんいて飽きることはないと付け加えて、トーランへ来ることを勧めてみた。

「ご迷惑ではないでしょうか？」

シルクは申し訳なさそうに言うが、タクマは笑顔で答える。

「全く問題ないですよ。子供たちも喜ぶでしょう。どうですか？　トーランでゆっくり休まれては」

「そう言っていただけるなら、お世話になって良いでしょうか？」

「ええ、大歓迎です」

そう言って彼女を安心させると、タクマは部屋を出て応接間に戻ってきた。そして、そこにいたアークスに告げる。

「アークス。これから奥さんの引っ越しの準備をお願いできるか？　彼女の移動方法は俺が用意する」

「分かりました。すぐに準備に取りかかります」

「ランスさん。個室か何かあるか？　ちょっと一人になりたいんだ」

「ああ。狭くて良いなら、庭に小屋がある。そこで良いか？」

案内してもらった小屋に入ったタクマは、さっそくスマホで異世界商店を起動する。

(しばらくは必要だろうし、自分で動かせる奴が良いか)

【チャージ金】　：468万9950G
【カート内】

・自走式車いす　　　　　　　　　　　　　　：　２万５５００G
［合計］　　　　　　　　　　　　　　　　　：　２万５５００G

決済して品物をアイテムボックスに送ったタクマは、応接間へと戻った。

ランスが不思議そうに言う。

「ん？　早かったな。もう良いのか？」

「ああ。大丈夫だ。それにしても荷物が少ないな」

アークスが運んできた荷物はとても少なかった。寝たきりだったため、寝間着と下着くらいしか持っていくものがないそうだ。

そうこうしていると、アークスがシルクを横抱きにして応接間までやってきた。シルクはトーランへ移ることをランスに告げ、これまで世話になった感謝を伝えていた。タクマはアイテムボックスから車いすを取り出し、アークスにシルクを座らせるように促す。

「タクマ様。これは……？」

「これは怪我人や病人が、自分の足では移動できないときに使う、車いすという道具だ」

「そんな道具があるのですか……」

「ん？　この世界にはこういう道具はないのか？」

「ありませんね。怪我人や病人を移動させるときは背負ったり、横抱きにしたりが多いですね」

迂闊《うかつ》であった。日本では車いすは一般にも出回っているので、この世界にも同じようなものがあると思い込んでいた。

冷や汗を浮かべながらタクマは話を続ける。

「ま、まあ。こういう道具もあるってことは分かっただろう。荷物を持って出発しよう」

半ば強引に皆を促し外に出てきた。ヴァイスたちは待ちくたびれたようで、タクマの姿が見えたとたんに駆け寄ってきた。

シルクが驚いて声を上げる。

「まあ、可愛い子たち。この子たちは？」

「タクマ様の家族のような子たちで、狼はヴァイス、虎はゲール、鷹はアフダル、猿はネーロ、ドラゴンはジュードと言うんだ」

アークスがタクマに代わり説明をすると、シルクの視線はヴァイスたちに釘付けになった。タクマがシルクを紹介する。

「みんな。この人はアークスの奥さんでシルクさんだ。挨拶を」

「アウン！（よろしくー！）」

「ミアー（こんにちはー）」

「ピュイー（よろしくお願いします）」

「キキ！（よろしくねー！）」

「キュイ（こんにちはー）」

「まあまあ。みんな挨拶ができるのね。私はシルクよ。よろしくね」

ヴァイスたちの挨拶も済んだので、町の入り口まで移動する。到着すると、カイルが仲間を呼んで、すぐに町を離れる手続きを進めてくれた。

「タクマ。今度はゆっくり遊びに来いよ？」

「ああ。何か土産でも持って遊びに来るさ」

前回できなかった別れの挨拶をし、タクマは早々に町を離れていった。

すると、シルクが疑問の声を上げる。

「ねえ、あなた。トーランまで徒歩で移動するの？　相当な時間がかかるでしょう？」

もっともな質問をされたアークスは返答に困ってしまっていた。そこでタクマが助け舟を出す。

「アークス。話しても構わないぞ」

「……シルク、タクマ様は空間跳躍が使えるんだ。だから、人目に付かないところまで移動したら、そこからは一瞬だ。このことは秘密にできるね？」

「……分かったわ。絶対に言わないわ」

そこからは黙々と移動して人目に付かない場所まで来ると、さっそくタクマは跳んでしまうことにした。

「じゃあ、行くぞ」

こうしてタクマたちは、一瞬で自宅の庭へと跳ぶのであった。

35　依頼

「あら。ここは……？」

「ここはタクマ様の家だよ。これから住むところでもあるがな」

言葉通り一瞬で跳んだことに驚いているシルクに、アークスは優しく答えた。

「ようこそ、俺の家へ。これからはあなたもこの家の家族だ。よろしく」

そう言ってタクマは新しい家族となったシルクを歓迎した。

その後はシルクをアークスに任せ、タクマたちは執務室へと移動する。ソファーに座ったタクマは、ヴァイスたちを撫でてやる。彼らの毛並みは食事と運動のおかげか、極上の触り心地だ。ヴァイスたちもまた、タクマに触ってもらうのは大好きなのでされるがままになっている。

「アウン！（父ちゃんの手で触られるの好きだなー！）」

「ミアー！（僕もー！）」

「ピュイー（絶妙です）」

「キキー！（眠くなっちゃうー！）」

「キュイ（気持ちいーねー）」

「そうか。俺もみんなを撫でるのは好きだぞ」

しばらくヴァイスたちの触り心地を堪能していたのだが、そこへカリオがやってきた。

「入るぞ……何やってるんだ？」

ヴァイスたちに埋もれているタクマを見たカリオは若干引いている。そんな視線を気にも留めずにタクマは発言を促した。

「気にするな。で、何だ？」

「お、おう。昼間に領主の使いが来て、夕方過ぎに来てほしいとのことだ。馬車を迎えに寄越してくれるってさ」

「そうか。何の用だろう？　何か言っていたか？」

「いや、用件は実際に会ってからだそうだ」

「分かった。それまでは大人しくこうしているよ」

「そ、そうか。ほどほどにな」

報告を済ませたカリオは早々に退室していった。タクマは、迎えが来れば呼んでくれるだろうと考え、ヴァイスたちを撫で続けるのだった。

「失礼します。お迎えがいらっしゃいました……タクマ様？」

「ん？　寝ちゃってたか。んーーー。どうする？　一緒に来るか？」

アークスをよそにそう問いかけると、ヴァイスたちは行ってもしょうがないから留守番していると言うので、部屋に戻らせてから表に出る。どうやらアークスが一緒に行ってくれるそうだ。タクマとアークスは、領主邸からやってきた使いの者に導かれて馬車に乗った。出発してすぐに、アークスが口を開く。

「タクマ様は本当にヴァイスたちを大事にしているのですね」

アークスは先ほどの光景を見て、改めてそう思ったらしい。

「ん？　そうだな。かけがえのない家族なんだ。もちろん家にいる者みんなも家族だけどな」

「そうですか。すごい大家族になってしまいましたね」

アークスは優しい笑みを浮かべて言う。

「はは。確かに大家族だ。まあ、皆楽しそうだし、良いんじゃないか？」

「そうですね。何より、タクマ様自身が楽しそうなのが私は嬉しいです」

「俺が？　そうか？　まあ、楽しいのは確かだな」

そんなことを話していると、領主邸へ到着した。外でメイドが待機しており、タクマたちが馬車から降りるとそのまま応接室へと通された。

応接室では、すでにコラルが待っており、その後ろにはアークスの息子が控えていた。

「タクマ殿。急な誘いを受けてくれて感謝するよ。アークスもよく来たな」

お互いに挨拶も済ませてソファーへ座る。アークスとその息子は従者扱いなので、それぞれの主人の後ろに控えていた。

コラルがアークスを見て言う。

「今日はアークスの雰囲気が違うな。何か良いことがあったのか？」

「ええ、私の人生で最高に嬉しいことがありました」

嬉しそうに語るアークスを見て、コラルはさらに興味を引かれたようだ。

「ほう！　人生で最高か。どんなことがあったんだ？」

それからアークスは、今日あったことを話していった。コラルはまるで自分のことのように嬉しそうに聞き、アークスの息子は涙ぐんでいた。

「そうか……奥さんが治ったか。それは本当にめでたいな、おめでとう。お前の息子もすぐに奥さんに会わせに行かせよう」

「ありがとうございます……」

コラルが心から喜んでくれているのを見たアークスは、言葉を詰まらせながら感謝を口にした。

「それにしても、タクマ殿は何でもできるのだな。素晴らしい」

まるで全能な存在のような言い方をされ、タクマは顔を顰める。

「何でもできるわけではありません。アークスの奥さんの場合は、たまたま助けることができただけです。彼女を助けられたのは嬉しいですけどね」

「そうか。たまたまか。君らしい言い方だな。どうやって治したのか聞きたいところだが、教えてはくれないのだろう？」

「ええ」

タクマは即答する。

「では、この話はこれで終わりにしよう。今日呼んだ目的を話すよ」

コラル侯爵は真剣な顔で話し始めた。

「実は王からの手紙が届いた。異世界人である君に早めに会っておきたいそうだ。先日も言ったが、国として君を囲う気もなければ、敵対するつもりもない。ただ、君と会って人となりを知りたいそうだ」

「なるほど。自分のような力を持った者が野放しでは心配ですよね。でも、敵対してこない限りは何もしないので、安心してもらいたいですけどね」

タクマにとっては、国と対立するなんて面倒でしかない。それに、国と事を構えることになれば、家族にも辛い思いをさせてしまうだろう。そう考えていくうちに、穏便に済ますことができるならば、王に会うのも必要だと思えてきた。

「王は君と不可侵の契約をしたいとも言っておられる。お互いに仲良くしていこうということだ。なお、この契約は王と君とで行われる契約だそうだ」

「お互いに痛い目を見ないようにするために、予めやっておくということですね」

コラルは大きく頷き、契約の重要さを認めた。

「なので、来週には王都に行きたいところなのだが、どうだろうか？」

「構いませんが、コラル様と私とでバラバラに行くのですか？」

「いや、今回は一緒に行ってもらいたい。君が護衛としていてくれれば安全だろう。そこでだ。Sランク冒険者でもある君に依頼をしたい。依頼内容は、王都の行き帰りの護衛だ」

タクマは依頼という形をとることを、まどろっこしいと思った。

「依頼なんてしなくても一緒に行って守りますよ？」

「駄目だ。Sランク冒険者をただ働きさせてみろ。私が笑いものになる。報酬も正当な金額を用意させてもらう」

どうやら領主のプライドのようなものがあるらしい。

「面倒なことですね。まあ良いでしょう。その依頼、受けます」

「そうか。ありがとう！　準備を整えて出発に備えてくれ。当日に迎えをよこすのでな」

こうして依頼を受けたタクマは、こちらの世界に来てから一年以上経ってようやく王都へ行くことになったのだった。

第4章

王都パミル

36　準備

自宅に戻ったタクマは執務室へ直行した。使用人がお茶を用意してくれたので、タクマはアークスと一緒にお茶を啜る。

「さて、ついに王都に行くことになったが、やっぱり面倒でしかないな」

「確かにそうでしょうが、こればかりはきちんと済ませておいたほうが良いですよ」

アークスは窘めるように答え、さらに続ける。

「タクマ様とヴァイスたちは、自分の身を自分で守れるから面倒に感じるのです。守られる側の私やこの家の者たちにとっては、王という後ろ盾が得られることを、喜ばしく思いますよ」

「ああ、分かってるさ。この家で面倒を見ている全員を守るためにも行かないと。無事に済めば良いんだがな」

「今から、悪いことを考えても仕方ありません。それよりも、王都には誰を連れていくつもりですか？」

「ん？　俺はヴァイスたちだけで良いと思ったんだが。駄目か？」

タクマは王都まで、いつも通りヴァイスたちを連れていく予定でいたのだが、アークスは誰かフォローのできる人間を連れていったほうが良いと言う。本当はアークス自身が付いていきたいらしいのだが、彼の息子が奥さんに会いに来ることになっているし、家の管理を統括できるのは彼しかいない。カリオも家の守りを考えると動かせない。

「そうだなあ。どうしても誰か連れていかないと駄目か？」

「タクマ様には、こちらの常識があまりないように感じます。知識がないのではなく、経験という意味ですが。なので、最低限常識のある人を連れていってください」

二人とも良い候補が思いつかなかったので、カリオも呼んで意見を聞いてみることにした。

「どうした？　二人して難しい顔してるな」

タクマは領主邸であったことを説明し、誰か良い人物はいないかと相談する。

「なるほどな。常識のある人間か。あんまりさせたくはないが、うちのファリンを連れていくか？あいつなら常識もあるし、頭も良いぞ」

意外な人物を提案され、タクマはカリオに尋ねた。

「良いのか？　王は敵対しないと言っているが、本当かどうか分からんぞ？」

「分かってるが、その役目を任せられる奴が他にいるか？　それにアンタがファリンを守ってくれるんだろう？」

「それはもちろんだ。指一本触れさせないと約束しよう」

「だったら、俺のほうから言っておくから、アイツを連れていってくれ」

さっそくカリオはファリンに話してくれるそうで、早々に部屋を出ていった。

翌日、食事を終えたタクマは、執務室でアークスとカリオ、ファリンで話をすることにした。ひと通り経緯を説明したあと、ファリンに尋ねる。

「……というわけで王都に行くんだが、アークスが誰か連れていけと言うんでな。どうだろうか？」

「私は良いわよ。私たち家族は、貴方には返しきれないほどの恩があるし。これくらいのこと、喜んで手伝わせてもらうわ。それに、私のことちゃんと守ってくれるんでしょう？」

タクマは自信を持って答えた。

「もちろんだ。その辺はきちんとさせてもらう。では、スマンが準備をしておいてくれ。アークス、俺とファリンの礼服を用意しておいてくれるか？」

「分かりました。王にお土産などはいかがしますか？」

「土産か。それは俺が用意するから心配ない」

ファリンがOKしてくれたことで皆安心し、各自の仕事へと戻っていく。一人残ったタクマはPCを取り出し、異世界商店を開いた。

【チャージ金：466万4950G】
【カート内】

・黒コショウ（瓶）１kg　×20：18万G
・白コショウ（瓶）１kg　×20：18万G
・ザ・マックランレアカスク（７００㎖）　×20：42万G
・ジャッキーダニエロ（７００㎖）　×11：71万５０００G
【合計】　：１４９万５０００G

（こんなもんかな。資金も増やしておきたいしな）

土産の他にも、ギルドに卸す用のコショウも購入しておいた。決済を行いアイテムボックスに送ったタクマは、一息つくためにアークスを呼ぶ。

「お呼びでしょうか？」

「ああ、これを王の土産にしたいんだが……味見をと思ってな」

アイテムボックスからジャッキーダニエロを取り出す。すると、アークスはすぐにグラスを取りに行ってくれたので、先に箱から出して待機した。

「お待たせしました」

アークスが置いたグラスは三つだった。

「ん？　何でグラスが……」

「ずるいぜ。俺だって珍しい酒が飲みたいぞ！」

いつの間にかカリオが来ており、満面の笑みでグラスを取った。

「いやいや、警備はどうするんだ？」

「味見くらいで酔うわけがないだろ。さあさあ！」

駄目だと言っても聞きそうにないので、カリオの持つグラスに２㎝ほどを注いでやる。

「じゃあ、飲んでみてくれ」

二人が飲み始めたのを確認して、タクマも味わってみることにした。その香りはバニラのように甘く、口に含むと滑らかな口当たりだった。芳醇《ほうじゅん》で濃厚な味のプレミアムウィスキーだ。

「美味い……」

「これは……最高の酒です……」

「うん。これなら王にも喜んでもらえるかな？」

タクマがそう問うと――

「「当然だ（です）！」」

二人とも最高な酒だと喜んで飲んでくれた。味見させた甲斐があると言うものだ、とタクマは思った。土産に関しては太鼓判をもらえたので、安心して献上しよう。

ふと思いついてアークスに問う。

「そうだ。家の生活費や維持費はまだあるか？」

「問題ありません。しばらくは大丈夫です」

「分かった。だが、何があるか分からんから追加で渡しておく」

テーブルに３０００万Gを出すと、アークスは黙って受け取り部屋を出ていった。カリオはまだ飲みたそうにしていたが、仕事があるのを自覚してか続いて退室していく。

ひとまずやるべきことは終わったので、今度は商業ギルドに出かけるタクマであった。

37 出発

タクマは資金を増やすために商業ギルドでコショウを売り、食材を大量に買い込んで準備を済ませた。

アークスたちも、留守を預かるための準備をしっかりと終わらせている。子供たちにしばらく留守にすることを話すと、少々寂しがっていたがわがままは言わなかった。

出発前夜は、みんなで一緒に豪華な食事を楽しんだ。珍しく子供たちは遅くまで起きていて、タクマから離れようとしなかった。タクマは子供たちが寝てしまうまで付き合ってから、自室に戻った。

ヴァイスたちは、明日から始まる旅が楽しみで仕方ないらしく、テンションが高い。

「アウン！（楽しみだねー！）」

「ミアー！（どんなところに行くのかなー！）」

「ピュイー（落ち着きましょう）」

「キキ！（面白いとこだと良いねー！）」

「キュイ？（美味しい物あるかなー？）」

タクマはまだ見ぬ王都に思いを馳せながら呟く。

「どうだろうな。俺も行ったことはないけど、この国の一番大きい都市だから期待はできるな」

寝室で横になりながらヴァイスたちと話をしていたら、いつの間にか寝てしまった。

出発当日。まだ夜が明けきらないうちに、辺りが騒がしくてタクマは起きてしまった。着替えを済ませて応接間へとやってくる。

朝から動き回っている子供たちに声をかけた。

「随分早いな。みんなおはよう」

「「「おはようございます」」」

それから皆で朝食を済ませると、アークスがやってきた。

「タクマ様、おはようございます。荷物の準備は終了しております」

「そうか。じゃあ、収納しておこうか」

玄関にはファリンのテントと布団が用意されていた。他には二人の礼服や、ファリンの荷物があったので、まとめて収納してしまう。その様子を見ていたアークスが言う。

「やはりアイテムボックスは便利ですね。身軽に旅ができますし」

「そうだな。荷物を持ち歩くのは疲れるもんな」

タクマとアークスが玄関で立ち話をしていると、ファリンも準備ができたらしく、カリオとともにやってきた。タクマがファリンに声をかける。

「おはよう。荷物は収納してあるから、必要なときは言ってくれ」

「おはようございます。話には聞いていたけれど、便利なものね」

「そうだな。家族との話は終わったのか？」

「ええ、問題ないわ」

ファリンはそう言って、先に外へ出ていった。タクマはカリオに向き直る。

「申し訳ないが、ファリンを借りるぞ？」

「おう。俺から言うべきことは言ってあるし、分かってるだろ？」

「ああ、無事に連れて帰るから安心してくれ」

「そうだ、一つ確認したいことがあるんだが良いか？」

どうやら、タクマが用意した馬車について質問があるらしい。

「外の馬車は、何で中が絨毯張りになっているんだ？　それにクッションもたくさん積んであるし」

「ああ、そのことか。お前たちは馬車に慣れているから気にもならないんだろうが、俺は揺れと椅子の固さに我慢できないんだ。俺がいたところの乗り物はすごく乗り心地がよかったんだよ。だから せめて、絨毯やクッションでごまかそうと思ってな」

「お前のいたところは、すごく恵まれていたんだな。行ってみたくなるよ」

「確かに恵まれていたんだろうな。あっちにいたときは、考えたこともなかったが」

カリオはタクマがいたところでは、皆が乗り心地のよい乗り物に乗っていると聞いて、驚きだったようだ。タクマはカリオにしばしの別れを告げる。

「さて、そろそろ行くよ」

「ああ、あんたには必要のない言葉かもしれんが、気をつけて行ってこい」

「ありがとう。家のことは頼んだ」

カリオと握手をして馬車へと乗った。

馬車に乗るのは、タクマ、ファリン、ネーロ、ジュードだけだ。ヴァイス、ゲール、アフダルは、移動時は自分で動きたいそうなので、護衛がてら自力で移動してもらうことにした。ちなみに、馬車は中から外の様子が見えるように、窓を付けてもらっている。

馬車が動き出し、町の外へと移動していく。手続きを終わらせコラルを待っていると、一時間ほどでやってきた。

「タクマ殿。待たせたな。王都までよろしく頼む」

「ああ、任せてくれ。きっちり守らせてもらうよ」

コラルが連れているのは、御付きの世話係数名と護衛の騎士たち十五名。タクマが護衛をするため、侯爵の守りだけをする最小限の人数だそうだ。なお、道中の戦闘については、すべてタクマが担当することになっている。これは戦闘時に邪魔をされたくない、タクマの提案によるものだった。

「本当に私を守るだけの者しか連れてないが、良いのか？」

「ああ。下手に手を出されると戦いづらいのです。俺とヴァイスたちで戦闘は問題ありません。野営時は結界を張るから、見張りもいらないですし」

「そうか、通常の旅とは違うのだな」

二人の会話を聞いた騎士たちは苦々しい表情でタクマを見たが、自分たちでは足手まといにしかならないことも理解していた。

「スマンな、君たち騎士を軽んじているわけではないんだ。俺やヴァイスたちは、他の人と連携したことがないんだ。人数的には不安があるだろうが、どうか信じてくれないか？」

「い、いえ……私たちは信じていないわけではないのです。ただ、自分たちの実力不足が悔しいだけなのです」

「そうか。だったら良いんだが……」

騎士たちと話していると、コラルが口を挟んできた。

「実力不足を嘆くなら、旅の途中でタクマ殿に組手でも頼んでみたらどうだ？」

コラルが余計なことを言ったばかりに、騎士たちは目を輝かせてタクマを見てきた。

「はあ……俺は教えたりはできないぞ？　すべて感覚でやっているようなものだしな」

「それでも構いません！　お願いします！」

「……分かった。暇なときにでも相手になろう」

妙な約束をさせられてしまったタクマは深いため息を吐いた。

「さあ！　出発だ！」

コラルの号令で各自馬車や馬に乗り込み、王都へ向けて出発するのであった。

38　道中

トーランを出発して数時間、町の喧騒が遠くなり、馬車の進む音だけが響いている。ヴァイスたちは馬車の周りを警戒しながら、楽しそうに走っていた。

そんな光景を見ながら、ファリンが尋ねてくる。

「ねえ、タクマ様。ちょっと聞きたいのだけど、ヴァイスたちは遊んでるの？」

「ああ、遊んでいるけど……何か言いたそうだな」

「えーと、警戒しなくて良いのかしらって思って」

「ああ、そういうことか。ヴァイスたちは遊んでいるが辺りの警戒はしているぞ？　それに俺も、気配察知を広範囲で行っているしな。ちょうど良いタイミングだ。ヴァイスたちを見てみな」

タクマがヴァイスたちを見るように促したと同時に、彼らの様子が変わった。先ほどまでの楽しそうな雰囲気は消え、警戒し始めたのだ。そして、タクマのほうを見て何かを訴える。

ファリンもその変化を感じ取ったようだ。

「何？　急に雰囲気が……」

「ああ、離れたところにモンスターがいて、こちらに向かっているんだ……ヴァイス！　単独で行けるな？」

「アウン！（任せてー！）」

勇ましく返事をしたヴァイスが、気配を感じた方向に全速力で走りだした。ファリンが心配そうに言う。

「ヴァイスだけで大丈夫なの？」

「ん？　不安か？」

「いえ、単独で大丈夫なのかと思って」

ファリンは、ヴァイスたちが普段とても大人しいので、戦闘ができるとは思っていないようだった。

「あいつらは強いぞ。Aランクの冒険者と戦っても瞬殺できるくらいにはな」

「そんなに……」

「ほら。もう帰ってきた」

戻ってきたヴァイスは2mほどのオークを風魔法で浮かせて戻ってきた。それを見たファリンは驚きすぎて、馬車の側面に頭をぶつけてしまった。

「アウン！（弱かったー！　父ちゃん肉ー！）」

ゲールたちは、肉を獲ってきたヴァイスを称えながら迎えていた。タクマは動いている馬車から飛び降りてオークを収納した。

「怪我はないな？　よくやったな」

そう言ってヴァイスを撫でてやる。タクマがヴァイスを褒めながら一緒に歩いていると、前の馬車が止まりコラルが降りてきた。

「タクマ殿。さっきのオークは何なのだ？」

「オークがこっちに向かってきていたから、ヴァイスに狩らせてきたんですよ」

「そうなのか？　急に走っていってしまったと聞いて、どうしたのかと思ってな」

「辺りはもう安全だし、移動を再開してくれて大丈夫ですよ？」

コラルに移動を促すと、すぐに馬車に戻って再び進み始めた。ファリンが胸を撫で下ろして言う。

「はー、びっくりした。でも、この旅が安全なのはよく分かったわ」

「安心してくれて大丈夫だぞ。もし、ヴァイスたちの手に負えないようなら、俺が出るしな」

「そうね。もっと気楽にしていて良いのね」

日も高くなった頃に先頭の馬車が止まる。どうやら食事をするらしい。使用人たちが降りてきて、食事の準備を始めた。タクマは先ほどヴァイスが狩ってきたオークを提供することにした。取り出したオークは解体もしていなかったので驚かれてしまったが、使用人たちは喜んで解体してくれた。タクマは取り出した魔石をもらい受け、食事の準備が終わるまでヴァイスたちと辺りを警戒することにした。

「うーん。この辺はモンスターの気配が少ないな」

「アウン（安心だねー）」

「ミアー（この辺は獣のほうが多いねー）」

「ピュイー（ですが油断はいけません）」

「キキ？（油断しなければ遊びながらでも良い？）」

「ｚｚｚ」

ジュードは寝ているようだった。

「器用に寝てるな。まあ、気を抜かなければ遊んでて良いぞ」

ジュードはゲールの背中に抱き着くようにして寝ていた。そんなジュードの様子を見ながらヴァイスたちと話していると、食事ができたらしくファリンが呼びに来た。

「ご飯の用意ができたわよ。って、何を独り言言ってるの？」

何やら失礼な物言いをするファリンに、タクマは平然と答える。

「ん？　独り言じゃなくてヴァイスたちと話していただけだ」

「助けてもらったときも思ったけど、ヴァイスたちとは意思疎通できているだけじゃなくて、普通に話をすることもできるのね」

「ああ、鳴き声が翻訳されて聞こえているんじゃなく、念話で話している感じだな」

「よくは分からないけど、あなたたちが普通に話しているってことは分かったわ」

そんなことを話しながら、タクマはファリンに連れられてコラルたちのところへと向かった。

「タクマ殿！　食事ができているぞ！」

「それは良いのですが、皆一緒にですか？　貴族の作法のことはよく分かりませんが、普通は使用人や俺たちはコラル様が食事を終えてからでは？」

「普通の貴族はそうだろうな。だが、私は普段から皆と一緒に食事をしているから大丈夫だ。むしろ……一人で食べる食事は美味くないのだ」

コラルは思った以上に変わった貴族のようだ。貴族も平民も分け隔てなく接しているだけある、とタクマは思った。

「さあ！　食べたらまた移動だ！　力を付けて頑張ろう！」

旅をしているせいかテンションが高めなコラルの号令で、皆食事を始めた。そして食事を楽しんだあとは、手早く片付けをして移動を再開する。

そこからは特に問題なく、黙々と進んでいった。夕方に差しかかる頃には、宿泊予定の村の近くに到着した。

39　野盗？　いや、偽野盗

最初の宿泊地で一夜を明かした一行は、翌日から移動速度を上げて進んだ。宿泊地を出て五日経った頃、人気《ひとけ》のない道を進んでいると、タクマは周囲の気配に異変を感じ取った。タクマは動いている馬車から飛び降りると、コラルの乗っている馬車に近づく。

「コラル様、馬車を止めてください。異常があります」

すべての馬車を止めてもらうと、すぐにタクマは馬車の周辺に強い結界を張り、遮音も同時に張った。

コラルが心配そうに尋ねる。

「タクマ殿。これはどういうことか説明してもらえるか？」

「ええ、おそらくですが、三十人規模の集団がこちらを窺っています」

すでに周囲にはただならぬ気配が近づいていた。

「何だと!?　そんなに人数がいるのか……どうするつもりなのだ？」

「撃退するのは簡単なんですが、ちょっと気になることがあって……その集団の動きが、やけに統率されている感じなんです」

タクマの報告を聞いて、コラルは考え込みながらも、一つの可能性を話し出した。

「まだ分からんが、王都の馬鹿者がタクマ殿を消すために来たのかもしれん。王都には、転移者であるタクマ殿を王に会わせたくないと考える者もいるのかもしれんな。その気配はどんな配置で隠れている？」

タクマがその集団の配置を説明していくと、コラルは苦々しい顔となり、そして断言した。

「そのように手の込んだ配置取りをしているのであれば、おそらく軍の暗部であろうな。ならば、撃退するにしても、一番後ろに詰めているだろうリーダー格の者は、尋問のために生かしておいてくれないか？　他は殺してしまって問題ないが」

コラルはなかなか厄介な注文をつけてきた。

しかしタクマは、疑念を口にする。

「……コラル様。本当に王は私と敵対する気はないのでしょうか？」

「どういう意味だ？」

「王都からよこされたらしいこの物騒な連中を、王が知らないなんてことはあるのでしょうか？」

タクマは、王都行きを打診されたときから王に不信感を持ってしまった。こうした扱いを受ければ、さらに信じられなくなるのも当然だろう。

「ま、待ってくれ！　王が転移者を消そうとするはずがないのだ！」

「ですが、実際にそれらしいのが来ていますよね……まあ、良いです。その話はあとにしましょう。あいつらを捕まえてみれば分かりますから。それと、捕まえた者の尋問は俺がやります。良いですね？」

完全に戦闘モードに突入しているタクマは、無表情でコラルにそう言った。コラルはその尋問がどのように行われるか分からなかったが、捕まった者に地獄が待っていることだけは理解できた。

続けてタクマは、その場にいる全員に向けて指示を出す。

「今から、俺とヴァイスたちで戦闘を開始する。その際、騎士たちは表で警戒、それ以外は全員馬車の中で待機していろ」

「「「はっ‼」」」

指示通りに動き、その場には騎士とヴァイスたちだけが残った。騎士が馬車を囲むように配置につく。タクマはヴァイスたちに指示を出した。

「みんな。今回は俺が戦う。敵の目が俺に向いたら、一番後ろにいる四人を捕らえてきてくれ。その四人がこの集団を指揮してる奴だからな。できるな？」

「アウン！（任せてー！）」

「ミアー！（無傷で連れてくるねー！）」

「ピュイー（お任せください）」

「キキ！（オイラたちに任せてー！）」

「キュイ？（四人もいる？）」

みんなやる気に満ち溢れていた。

「今回はジュードも入れてみんなでやってくれ。連中に、俺に敵対したらどうなるか見せてやろう。まあ今回は、全員殺すつもりはないんだがな」

タクマは腰に装備している刀を抜き、無言で結界の中から出ていった。気配察知の反応では、敵は馬車まで50ｍくらいのところまで近づいていた。

タクマは声を張り上げる。

「そこらで隠れている者に警告する。武装を解除し投降しろ。投降しない場合、痛い目を見ることになる」

しばらく待つが返事はない。タクマは、投降してくることはないと判断した。ふうっと息を吐くと、その瞬間、タクマの体はブレて——最初の悲鳴が響き渡った。

「ギャー！」

「があ！　俺の腕が！」

「足が……足がー！」

タクマの姿がブレるたびに、あちこちで悲鳴が上がる。タクマが敵をある程度倒したところで、ヴァイスたちが結界から飛び出しターゲットに向かっていく。

タクマは今回の戦闘で誰も殺す気はなかった。だがその一方で、自分に対して敵意を持って喧嘩を売ってきた敵を、ただで帰す気もなかった。襲ってきた者たちには体のどこかを失い、恐怖を味わってもらうことにしたのだ。

タクマは、次々に敵の肘から先を、あるいは膝から下を切り落としていく。切ったあとは止血するだけの回復魔法をかけておいた。一応、切り飛ばしたモノはアイテムボックスに収納しておく。

そんなふうに敵を倒し続けていると、アフダルから念話が届いた。

（ご主人様、四人無事に捕獲しました。彼らには、ご主人様の戦う姿を目に焼き付け、恐怖を与えることができたと思います）

（そうか。じゃあ、馬車に連れていっておいてくれ）

アフダルに指示を出した頃には、敵の数は数人にまで減っていた。残った敵にタクマが顔を向けると、恐怖に染まった表情を見せた。

タクマが厳しく言う。

「そろそろ投降しろ。さもなければ、体の一部を失うことになるぞ？」

タクマの実力を嫌と言うほど見た敵たちは、すぐに武装を解除し両手を上げて投降した。

タクマに倒された敵は大量に出血していたので、気を失っている者がほとんどだった。敵を一か所に集めたタクマは、土魔法で首から下を埋め固めておいた。

「お前らを指揮していた者を尋問してくるから、終わるまで待っていろ」

そう言い残して、タクマは馬車のほうへと戻っていくのであった。

40　尋問

結界の中に戻り、タクマはコラルへ報告する。

「終わりました。指揮をしたと見られる四人はあちらでヴァイスたちが見張っています。これから尋問をしようかと思うんですが、そのあとはどうしましょうか？」

「う、うむ。それにしても凄まじく一方的な展開だったな。君の姿が消えるたびに襲撃者の体の一部が切り飛ばされるのは、見ていて寒気がしたほどだ」

どうやら馬車の中にいろと言ったのに、コラルは好奇心から戦いの様子を見ていたようだ。コラルは渋い顔をして続ける。

「通常、野盗や犯罪者を捕らえた場合は、最寄りの町で引き渡すのだが……今回は軍関係者のようだから厄介だな……このまま解放して王都へ帰還させるのはどうだろう。それだけで警告になるし、あれだけ怖い目に遭えば、再び襲撃してこようとは思わないだろう」

「分かりました。四人を尋問したあとは、この場で解放します。では、尋問してきますので、少々お待ちください」

タクマはその場を離れてヴァイスたちのほうへ移動すると、馬車の周囲を警戒するように頼んだ。

それからタクマは自分と四人の周囲を10mくらいの壁で覆い、遮音をかけてから尋問を開始する。

「さて、お前らの目的と、黒幕を話してもらおうか？」

「「「「…………」」」」

四人はお約束のように黙秘をしたが、タクマは構わず話を続ける。

「まあ、初めから素直に話すとは思っていない。だが、黙っているつもりなら覚悟することだ。俺は敵対した奴には容赦しないぞ？　態度次第で、どうなるかは保証しない。正直に話せば生きたまま帰らせてやる」

タクマは話しながら徐々に殺気を強くしていった。相手に恐怖を最大限味わってもらうために、気絶するギリギリを見極めながら、である。

四人には、タクマが悪魔にでも見えているのだろう。失禁し泡を吹きながらも、気絶することができないでいた。しばらくその状態を維持していると、ようやく一人が話す気になったようだ。

「分かった……分かったから殺気を放つのはやめてくれ……これ以上は……おかしくなってしまう」

タクマは殺気を半分くらいに抑えてやった。すると、責任者だという男がポツポツと話し始めた。

彼の話をまとめると、次のようだった。

・今回の襲撃は、転移者タクマ・サトウが王に謁見するのを阻止するために計画されたもので、軍のトップからの命令だった。
・タクマの生死は不問だったので、初めから殺す気でいた。
・一緒にいた同行者もすべて殺すつもりだった。
・命令を出したのは、コラル侯爵と同じ立場のアコール侯爵。アコールは野心的で、軍に強大な権力を持っている。
・彼らは軍所属の者たちで、その中でも暗殺を専門に行う部隊である。
・タクマ・サトウ一行を殺したあとは王都に戻り、アコールに報告を行うことになっていた。
・今回のことを王が知っているかは不明。

ひと通り話を聞いたタクマは、ため息を吐きながら尋ねる。

「なるほど。お前らは野盗の振りをして俺を殺し、同行者全員も殺すつもりだったと」

「あ、ああ。それが命令だった」

「一つ疑問なんだが、どうしてすんなり喋った？」

「あれだけ殺気を浴びせられれば充分だ。本当にやるかは分からんが、アンタが行う拷問に耐えられるわけがない。だったら、正直に言って命乞いをするしかないだろう」

聞きたいことは聞けたので、四人を他の襲撃者と同じように、首から下を土で固め拘束した。

そのままコラルのもとへ向かい報告を行う。コラルの顔色は真っ青になっていた。

「アコール侯爵だったとは……」

「ええ、そして軍の仕業でもありました。王が知っているかは不明。ということは、知っている可能性もまだ捨てきれません」

「待ってくれ！　確かに君の言う通りだが、私にはそうは思えないのだ。王は私に確かに言ったのだ。君と敵対する気はないと」

コラルは焦ったように言う。

「……まあ、今判断するには材料が足りませんね。ひとまず保留にしましょう」

「そ、そうか！　ありがとう」

「それでは、あの者たちにはアコール侯爵への警告を持っていってもらいましょう。証拠はあの怪我人だけで充分でしょう」

タクマは結界の外へ出て、四人の男のもとへ向かい、淡々と告げる。

「とりあえず、お前たちは解放することになる。だが確認したいことがある。お前らが軍の人間だという証明はあるか？」

「俺たち暗部の人間は両手両足に刺青《いれずみ》が入っている。それが証明になる」

タクマは切り飛ばした足を取り出し観察してみた。確かに刺青が入っていた。

「そ、その刺青は、王なら絶対に分かるはずだ」

「……分かった」

タクマは旅の前に買っておいた紙を取り出し、さらさらと何かを書いて封筒に入れると、男に渡した。

「これを必ずアコール侯爵に渡せ。そしてこう伝えろ。お前は俺に喧嘩を売った。会える日を楽しみにしている、と」

それからタクマは全員の拘束を解除し、告げた。

「よく聞け。全員を解放することにした。だが俺が切り飛ばした君たちの体の一部は預からせてもらう。証拠に使うからな。死ななかっただけでも運が良かったと思え。君たち全員はこのまま自力で王都へ帰って、自ら出頭してくれ」

襲撃者たちはザワザワとしていたが、タクマから手紙を受け取った者が大きな声で宥め、それを落ち着かせた。そして、指揮をしていたうちの一人がタクマに願い出た。

「タクマ様。王都に行くのは私たち四人だけではいけないでしょうか？　彼らは体の一部がないので、旅に耐えられないでしょう。どうか慈悲をいただけないでしょうか？」

タクマは少し考えたあと、しばらく待つように伝えコラルのところへ戻った。

「タクマ殿、終わったのか？」

タクマは、手足を失った者たちをトーランに連れていきたいと相談した。もちろん移動方法について、契約で縛るのは絶対だが。

「だったら、彼らは死んだことにしなければならんな。身柄はとりあえず私の屋敷で預かろう。遠話で言っておくから、連れていってくれるか？」

「分かりました、ありがとうございます」

「私たちが帰るまで、彼らには牢に入ってもらうのは当然だがな。食事などは保障しよう」

コラルから許可が下りたので襲撃者たちのところへ行き、コラルと決めたことを説明した。全員条件に同意し、死んだことにして軍を抜ける決心をしてくれた。

タクマはすぐにアークスへ連絡をして、契約書の準備を頼んだ。

「さあ、時間がないから移動するぞ！　もっと固まってくれ！」

タクマの周辺に集まった者たちを範囲指定して、トーランへと跳ぶのだった。

41　忘れられない

敵をトーランに運び終えたタクマは、コラルのところへ戻ってきていた。

「ただいま戻りました。連中はアークスに預けてきました。こちらは問題ありませんでしたか？」

「よく戻った。こちらは全く問題なかったぞ。それよりも聞いておきたいことがあるんだが」

コラルには、タクマが襲撃者たちを生かしておく理由が分からなかった。指揮をしていた者さえ尋問ができれば、それ以外の者を生かしておく必要はない。襲撃者が軍部、それも暗部の者だという証拠は、タクマのアイテムボックスに保管されているのだから。

「確かにあちらは俺たちを殺す気で来ていたのだし、殺しても構わなかったんですけどね。ちょっとした考えがあるんで、生きてもらうことにしました」

「その考えは聞かせてはもらえないのか？」

「コラル様個人のことは信じていますけど、国王は信じていません。なので、国王の部下であるコラル様には理由を話すことはできませんね」

「個人としては信用していても駄目だと？」

「ええ。申し訳ありません」

「確かに疑いがあるうちは話せんだろうな。分かった、聞かないでおこう。そのうち分かるのであろう？」

コラルはこれ以上聞いても無駄だと分かってくれたらしい。こうしてタクマたちは、移動を再開することにした。

その後は特に問題もなく、夕方には次の宿場に到着した。使用人たちが宿の手配を済ませてくれたので、タクマたちもそれぞれ割り振られた部屋へと移動していく。タクマは、他の同行者よりも良い部屋に案内された。これはヴァイスたちと同じ部屋が良いと言ってあったためだ。

部屋に入ったタクマは深いため息とともにソファーへと座った。ヴァイスたちも慣れない護衛をやっているためか、みんな疲れた表情をして、各々好きな場所に座り込んでいた。

しばらく何もせずにボーッとしていると、ドアを叩く音が響いた。扉を開けると、そこにはコラルの使用人が立っている。

「タクマ様。コラル様が、食後に晩酌をご一緒したいと仰っていますが、どうしますか？」

「もちろん伺いますと言っておいてくれ。それと、食事は各々で食べれば良いのか？」

「いえ。みんなで食べますので、時間になったら呼びに来ます」

そう言って使用人は退室し、タクマはヴァイスたちを撫でた。

みんな疲れているのか、タクマに撫でられると眠ってしまったようだ。タクマも少し眠かったので、呼びに来るまで寝てしまうことにした。


「……様。タクマ様」

思いのほか深く眠ってしまったようで、目を覚ました頃には窓の外は真っ暗になっていた。

「スマン。寝てしまっていた」

「お食事の時間です。食堂へどうぞ」

使用人に案内されてきたのは宿の食堂だった。今日は侯爵一行が宿泊するためか、貸し切りになっているようだった。

「タクマ殿！　こっちだ！」

コラルの席まで移動すると、そこにはファリンも同席していた。ヴァイスたちの座る場所は、タクマのそばに確保されている。みんな食事を簡単に済ませ、すぐに部屋に戻っていった。今日は襲撃で怖い思いをしたのだし、仕方のないことだった。ヴァイスたちも食事が終わると、さっさと部屋に戻ってしまった。

結局、晩酌をするのはタクマとコラルだけだった。グラスに酒を注ぎ、乾杯をして飲み始める。

「ふう。今日はみんな疲れているようだな。晩酌に誘ったが、来てくれたのはタクマ殿だけだ」

「仕方のないことでしょうね。危険はなかったとはいえ、明確な殺意を向けられていたんですから」

それから三時間ほど酒を飲みながら話していた。お互いに、これからの生活のことや、引き取った子供たちのこと、いろいろと話していく。

「そういえば、タクマ殿はずっと独身でいるつもりなのか？」

「そんなことはありませんが、今のままでも幸せですね」

幸せだと言うタクマの横顔は、コラルには少し寂しそうに見えた。

「そうか……まあ、今が幸せなら急ぐ必要もないだろう」

「ええ……」

そこからは静かな時間を過ごし、寝坊をしないように早めに部屋へと戻っていった。

部屋に戻ったタクマは自分の酒とグラスを取り出し、飲み直すことにした。ＰＣでジャズを流し、一口酒を含むと、なぜかため息が出る。

「結婚か……俺の歳だと考えなければいけないことなんだろうけど……もういない人間を思い続けているなんてナンセンスなんだろうな」

いつかは吹っ切らないといけないのは理解しているのだが、どうしても忘れられない。そのことに、自分でも情けないと思ってしまうタクマだった。

42　疑問と乗り物酔い

宿で一泊した一行は、朝から移動を開始した。一応前日の襲撃のこともあるので、移動の速度を上げる。タクマとヴァイスたちは、見落としがないように気配察知を広範囲で行っていた。

「昨日みたいな襲撃はなさそうだな……」

タクマがボソッと呟くと、ファリンが疑問を口にする。

「タクマ様の気配察知のスキルは、そんなに遠くの気配まで感じられるの？」

「ん？　そうだな。今は半径50㎞くらいで固定しているが、やろうと思えば倍の距離でも可能だな。ただ、遠くに離れすぎれば感知の精度は甘くなる。今の距離なら見逃すことはないな」

本当はどんなに離れていても精度は緻密なのだが、そのことは言わないでおいた。

「ものすごく便利な能力ね。私も覚えたいくらいだわ」

「確かに覚えていれば便利な能力だが、俺がここまでできるようになったのは、敵が多かったからなんだ。毎日警戒していないといけないっていうのは大変だぞ」

「それは嫌ね。私は普通の主婦で良かったわ」

すると突然、なぜか馬車が止まった。この辺には人はおろか獣などの気配もない。疑問に思ったタクマは馬車を降りると、前の馬車から使用人の一人が駆け足でやってきた。

「タクマ様、申し訳ございません。コラル様が体調を崩されたので、診ていただけますか？」

コラルが体調を崩したらしく、休憩をするために止まったそうだ。タクマは使用人とともに、コラルが乗っている馬車に上がった。そこには、顔を土色に変えて、今にも吐きそうになっているコラルがいた。

「タクマ殿か……スマンな。どうも体調がすぐれないので、少し休ませてもらうぞ」

「構いませんよ。おそらく乗り物酔いじゃないでしょうか。鑑定してみましょうかね」

喋りながら鑑定をすると、やはり乗り物酔いだった。鑑定の結果を伝えてみたが、ピンと来ていないようだ。

「乗り物酔いと言うのか、この体調不良は。で、どうすれば治るのだ？」

「そうですね。大人しく寝てしまうしかないでしょうね。病気ではありませんし。それにしても、馬車には慣れているのではないのですか？」

「慣れてはいるのだが、毎回王都に行くときはこのように体調が悪くなるのだ」

どうやら短距離の移動であれば乗り物酔いは出ないようだが、長距離の旅では酔ってしまうらしい。

「うーん、長旅が苦手なんでしょうね。それに加えて襲撃を受けていますから、精神的にやられてしまったんでしょう。どうしますか？　魔法で寝てしまいますか？」

「そうだな。そうしてもらおうか」

タクマはコラルを横にならせ、深い眠りをイメージして魔法を放った。コラルはしっかりと眠りに入ったので、使用人に世話を任せてタクマは自分の馬車へと戻った。

「領主様は大丈夫なの？」

「ああ、ただの乗り物酔いだ。寝てれば治るから眠ってもらった」

移動を再開した馬車は、移動速度を普通に戻して街道を進んでいく。タクマとファリンは家にいる子供の話をしながら、道中の暇を潰していった。ちなみにヴァイスたちは警戒をしっかりとやりながら、遊んだりしている。

昼に休憩をするときにコラルを起こしてみたのだが、顔色も戻り食事もしっかりと食べている。

午後はタクマの馬車に一緒に乗りたいと言ってきたので、喋っていれば気も紛れるかと思い同意した。

「タクマ殿は馬車に慣れていないはずなのに、何で酔わないんだ？」

「元々酔いにくいというのもありますけど、酔いにくい方法があるんです」

タクマは乗り物酔いになりにくい乗り方を教えることにした。といっても、乗り物で本を読んだりしないとか、進行方向に向かって座る、壁にしっかりと背を付けて座る等の、基本的なことなのだが。

「そんなことで酔いにくくなるのか？」

「ええ。それに加えて、遠くの景色を見ても良いようですね」

「なるほど。私は本を読んだりしていたのだが、それがいけなかったのだろうか」

「それもありますが、体調や精神状態にも左右されるみたいです」

そんなたわいないことを話しながら、コラルが酔わないようになるべく話し相手になっていた。

「そう言えば、今日の泊まる場所は町なのでしょうか？」

「いや、この辺りは町と町の間隔が離れていて、今日は野営になる。夜間は騎士にも警戒させるか？　君とヴァイスたちだけでは厳しいだろう？」

「必要ありませんよ？　野営地を結界で覆いますから。ドラゴンでも破壊できないように張ります」

「そんなこともできるのか……そうでなくては君たちだけで旅を続けることは厳しいか……流石だな」

「まあ、そういうことですので、皆さん安心して寝てもらって大丈夫です。何かあれば対処はできます」

「了解した。騎士たちも交代でしっかりと休ませよう」

そんなことを話していると時間も早く経ち、太陽が大分傾いてきた。

馬車が広い場所に止まると、タクマが強い結界を張る。それと並行して、使用人たちが野営の準備を進めていくのであった。

43 王都パミル

襲撃のあとの旅路は実に順調だった。途中、モンスターが襲ってくることはあったが、馬車に接近する前にヴァイスたちが倒してくれた。そのため、戦闘によって進路を阻まれるということはなかった。黙々と移動を続けていると、街道の先に王都を守る壁が見えてきた。

「タクマ殿。あれが王都パミル、この国の中枢だ」

タクマの対面に座っていたコラルが誇らしげに告げる。そして王都にはたくさんの魔道具が売っているとか、たくさんの種類の食材が売られているとか、丁寧に説明してくれた。

「到着したら、私の家があるのでそこに泊まってくれ。もちろんヴァイスたちも同じ部屋で大丈夫だ」

「いや、俺たちは宿屋にでも……」

タクマは到着したら宿に泊まるつもりだったので、断ろうとしたのだが……

「おそらく王都の宿にはヴァイスたちとは一緒に泊まれないぞ。仮に泊まれたとしても、ヴァイスたちを奪おうとする者が出るだろう。厄介事は困るから、やはり私の家に泊まってくれ。もちろんファリンさんも一緒だ」

そこまで言われてしまうと断りようがなかったので、タクマは素直に提案を受け入れることにした。会話の間も馬車は進み続け、貴族専用の門に到着する。

「止まれ！　この魔獣はなんだ！」

ヴァイスたちを見た衛兵は、剣に手を添え警戒した。コラルが馬車を降り、説明をしてくれる。

「……というわけで、この子たちは私の護衛をしている冒険者の従魔で、安全だ」

「なるほど……しっかりと調教されているなら良いのですが……すみませんが、その従魔たちの主人はどなたでしょうか？」

タクマが馬車を降りて説明に行こうとすると、ファリンが小声でアドバイスをくれた。

「タクマ様。商業ギルドのカードではなく、冒険者カードを使ってね。護衛なんだから」

「了解だ」

タクマは馬車を降り、衛兵の前へ近寄っていく。

「驚かせたみたいでスマンな。みんな俺の大事な従魔たちだ。ほら、よく見てみると可愛いだろう？」

ヴァイスたちを呼び寄せて撫でて見せると、衛兵も危険な生き物ではないと理解してくれたようだ。

「確かに、とても可愛がっているみたいですね。毛並みもとても綺麗ですし……あ、すみませんが身分証を確認させていただいて良いでしょうか？」

タクマは言われるがまま、冒険者ギルドのカードを提示した。すると、カードを受け取った衛兵が目を見開いて、驚きの表情を見せた。

「エ、エ、Sランク……」

カードとタクマの顔を行ったり来たりさせながらオロオロしていたので、タクマは早く手続きをするように促した。

「申し訳ありません。すぐに終わりますのでお待ちください！」

そう言うと衛兵は、迅速に手続きを終わらせて戻ってきた。

「お待たせしました。従魔たちの情報もしっかりと登録されていました。入ってもらって大丈夫です」

タクマはヴァイスたちがいたために身分証提示という手続きが必要になってしまったが、その他の人たちはコラルのお付きということで、顔パスで入ることができた。タクマたちが入った貴族専用口は、そのまま貴族街へ直行できるようになっているようだ。

「さあ、手続きも終わったし、家へ向かおう」

無事に王都へ入ることができた一行は、まっすぐコラルの家に向かった。しばらくしてたどり着くと、タクマとファリンはその大きさに圧倒されてしまった。

「でかいな……」

「大きいわね……」

一方ヴァイスたちは、この大きい家を見ても全く変わらない反応だった。

「アウン！（おっきいねー！）」

「ミアー？（おっきい庭あるかなぁ？）」

「ピュイー（人の家ですから暴れてはいけませんよ）」

「キキ！（そんなことしないよー。ちょっと遊ぶだけ！）」

「キュイ？（美味しいものある？）」

コラルの家に到着した一行は、馬車を降りてすぐに各自の仕事に取りかかっていた。

タクマとファリンはお客様らしいので、そのまま応接室へと案内される。この家を管理していた使用人は、ヴァイスたちが庭のほうを見ていることに気がつき、彼らを庭へと連れていってくれた。

コラルがタクマに話しかける。

「さて、ようやく落ち着けるな。どうだ？　私の王都での家は？」

「規模がすごいですね。若干、広すぎではないかとも思ってしまいますが……というか、家じゃなく豪邸ですね」

「はっはっは。確かにな！　私もこんなに大きいのはいらないな」

「でしたら………」

「タクマ殿。この国での私の身分は侯爵だ。だから見栄というのも必要なんだ」

「なるほど」

「さて、今日は到着したばかりだから、ゆっくり休んでくれ。私は明日、城へ行く。謁見の手続きと報告を済ませねばならないからな。タクマ殿たちは、謁見の日取りが決まるまでは自由に過ごしてくれ」

どうやら自由時間があるようだ。タクマがファリンとヴァイスたちを連れて遊びに行こうかと考えていると、コラルは釘を刺してきた。

「ただし、謁見が終わるまではこの敷地内にいてくれ。これは、タクマ殿の安全のための措置だから、順守してくれ」

ファリンとタクマは顔を見合わせ、大きなため息を吐くのだった。話も終わり、部屋に案内されたタクマは、ソファーに座って自分で淹れたコーヒーを飲んでいた。

「ふー、ようやく本番か……さて、あいつらは王都に到着したのかな？」

あいつらとは、襲撃者の指揮を執っていた四人のことだ。

実は彼らには、しっかりとマーキングを付けておいた。ＰＣを取り出しマップに反映させてみると、コラル侯爵の邸宅から１㎞ほど離れた場所に反応があった。

「なるほど。ここが黒幕の住んでいるところかな？」

タクマはＰＣのマークを見て不敵な笑みを浮かべながら、ゆっくりとコーヒーを啜るのだった。

44　忍び？

コラル侯爵邸は寝静まっている。ある程度長旅だったせいか、旅をともにした使用人たちを含め、そのほとんどが夢の中だ。起きている者は、邸宅の管理をしている者と、警備の騎士たちだけだろう。

「さて、そろそろ良いかな？」

タクマは久しぶりに夜間行動をするつもりだった。タクマは、暗闇にはもってこいの真っ黒な装備に身を包み、隠密を使ったあとに窓から闇夜の空へと出た。

「良い感じで雲が出ているから、月夜でバレることはないな」

バレない程度に高度を上げてから、襲撃者たちの気配のあったポイントまで移動した。

そこにはコラルの邸宅と似た規模の家があり、タクマは屋根の上へと降り立って気配を探る。動いている気配はおそらく警備の者たちだろう。ただし、家の中の警備はしていないようだ。家の中には結構な人数がいるようだが、寝ているようで動きはない。そして、この家の所有者を調べるために鑑定を使っておく。

ナビが現れる。

（マスター。四人の気配があった位置には誰もいません）

（そうか。面白いものを見られたら良いな。それにしても貴族の警備ってのは甘いのか？）

過去のトーランでの侵入を思い出し、警備の甘さが気になった。

（おそらく貴族の家に侵入できるような凄腕はいないのでしょう。それよりも、早く終わらせて休みませんと明日に響きますよ）

（そうだな。とっとと終わらせてしまうか？）

タクマはナビにフォローしてもらいながら、警備の網を潜って窓から侵入した。そうしてタクマは、部屋に遮音と結界を施す。

（さて、お約束の隠し金庫はどこにある？）

部屋の怪しいところを片っ端から調べていると、本棚に不自然な部分があるのが分かった。本をどかしてみると、そこには金庫があった。調べてみると、魔力で開く魔道具のようだった。

（たぶん、本人の魔力じゃなきゃ開かないよな。どうするか）

（おそらくですが、許容量以上の魔力を注いでしまえば壊れて開くと思います）

ナビのアドバイス通り、タクマは金庫に魔力を流していく。しばらく流し続けていると、金庫の扉が嫌な音を立てて開いた。

中には貴重品の類《たぐい》は入っておらず、たくさんの書類が詰まっていた。アイテムボックスにすべて収納し、早々に部屋を脱出する。仕舞うときに軽く読んでみたのだが、この書類たちはかなり面白い情報を教えてくれた。

(軽く読んだ感じだと、黒幕は相当な犯罪者のようだな。まあ、枕を高くして寝られるのは今日までだろう)

タクマは高度を上げて、寝静まっているコラル侯爵邸に戻った。与えられた部屋に戻ると、ヴァイスたちが起きて待っていてくれたので、感謝をしながら撫でてあげた。

コン、コン。

突然部屋のドアをノックする音が響き、廊下から声が響いた。

「タクマ様。コラル様がお呼びです」

ため息を吐きながら応対し、執務室へと案内された。

執務室では、寝ていたはずのコラルが笑顔で待っていた。言われるまま対面の椅子に座ると、コラルが口を開いた。

「散歩は楽しかったかな?」

「……バレていましたか。まあ、おおむね楽しかったですね」

タクマはごまかすように返事をすると、コラルは真面目な顔で聞いてくる。

「ただの散歩ではないだろう? その恰好で散歩なんて説得力がないな」

「迂闊でしたね。帰ってからすぐに着替えるべきでした」

タクマは観念して、自分の行動を報告した。コラルは最後まで黙って聞いていた。

「そうか……」

「様子見ついでに、こんな物もいただいてきました」

タクマが取り出した書類の数々をコラルが受け取って読み始めると、みるみる顔色が変わっていった。

「これは……アコール・セイロ侯爵の悪事の証拠ではないか。賄賂《わいろ》、使い込み、暗殺、それだけならただの犯罪者で済むが、これは……」

黙り込んでしまったコラルは、しばらく悩んだあとに突然立ち上がった。

「この証拠は預からせてもらって良いか？　すぐに動かないとまずいのでな。私はこれから城へ行く」

コラルは、部屋の外で警備をしていた騎士に城へ行くと伝えると、自室へ戻ってしまった。執務室に残されたタクマは、一人でいても仕方ないので自室に戻って眠ることにした。

タクマが寝てから二時間ほど経った頃、気配を消して近づく存在に気づき目を覚ました。

(父ちゃん。何か来てるよ)

ヴァイスもその気配に気がつき、タクマに注意を促してくる。

（分かってる。俺は寝たふりをしているから、お前が捕らえてくれ。良いか？　殺すなよ）

（分かったー）

タクマは寝たふりをして気配を消した者を待っていると、音もなく部屋に入ってきた。ヴァイスは、侵入者がタクマの近くに近寄った瞬間、飛びかかって押さえつけた。タクマが侵入者に告げる。

「よう。人の部屋に入るときはノックをしないと駄目だぞ。何の用だ？」

「……」

侵入者は驚きで声が出ないようだった。

「何だ。用件もなく侵入したのか？　貴族の家に侵入したんだ。殺されても文句はないな」

自分が先ほどまでやっていたことを棚に上げて、タクマは侵入者に殺気を当てる。

「!!」

「殺気くらいで驚くなよ。言っておくが、俺は敵には容赦しない。もう一度聞く、何の用だ？」

ようやく侵入者が口を開く。

「……城への呼び出しだ。王とコラル侯爵の連名での命令だった。もう放してくれないか」

「だったら、初めから普通に呼びに来れば良いだろう？」

「……悪かった。Sランクの冒険者と聞いて試したくなった」

タクマがため息を吐きながら侵入者を放すように言うと、ヴァイスは静かに退いてやった。侵入者は体をほぐしながら立ち上がると、改めてタクマに城に行くように促した。

タクマは着替えをさっと済ませ、準備をした。すると侵入者から、ヴァイスたちも一緒に連れていくようにと言われた。

タクマはヴァイスたちとともに邸宅を離れ、城へ歩きだすのだった。

45　謁見

城へ向けてのんびりと歩いていたタクマは、自分の仕事も忘れて腕試し的に襲ってきた侵入者改め、王城からの使いに尋ねる。

「そういえば名前を聞いていないが、聞いても良いのか？」

「俺はこの仕事に就くときに名前は捨てた。好きに呼べ」

「そうか。隠密みたいだし、影《かげ》と呼ぶか。いいか？」

「好きにしろ」

どうやら名前については本当にどうでも良いようだ。タクマは影に忠告する。

「一つ言っておくが、お前のやったことは自分の立場を悪くすることなんだ。分かっているか？」

「なぜだ？　確かに仕事は後回しになってしまったが、こうして目的は完遂している」

タクマはこの男が馬鹿なことだけは理解できた。仕方ないので、説明してやることにする。

「俺は王に呼ばれて王都まで来た、いわば客人だ。なのに、ここに来るまでにお前のような暗部の連中に襲われたんだよ。そのことで、王に対する印象はただでさえ悪くなっているのに、加えてお前の行動だ。暗殺者を送って来るわ、忍び込んで腕試しなんてほざく奴を送って来るわ、王が関知しているかどうか以前の問題だ」

タクマの話を聞いて、影はようやく事の重大さを理解したようだ。瞬く間に顔色が悪くなっていき、いろいろと言い訳をしてきた。

しばらく歩いていると、ようやく城へと到着する。そこからはメイドが案内してくれて、とても豪華な部屋へと通された。待っていると、コラルが入室してきた。

「夜中に来てもらってスマンな。これから王に会ってもらうが、できるだけ大人しくしててくれ」

タクマは、ムッとして言い返した。

「侯爵。邸宅内で城からの使者に襲われました。襲撃した者は腕試しとかほざいていましたが、はっきり言って信用していません。王からの命令だった可能性もありますし。王の出方次第では、どうなるかは保証できません」

「なっ！　王はそんな命令などしていない！　王は、タクマ殿を丁重にお連れするように言っただけだ！　私もいたから確かだ！」

コラルは顔を赤くしながら否定をするが、タクマは首を横に振る。

「それを信じろと？　旅の途中で暗部に襲われ、王都に着いたら城からの使者に寝込みを襲われる。

それでよくそんなことが言えますね。申し訳ありませんが、私は国王を信用できません」

「……そうだな。確かに君の言う通りだ。私が違うと言っても信用できんだろうな。だが、その怒りは治めてくれないか？　会ってくれれば、王の人となりも分かるだろう？」

「確かにそうですね。もう会えるのですか？」

「あ、ああ。これから謁見が行われるホールへ移動する。ホールに入ったら、私と同じように行動してくれれば良い」

コラルと同じように振る舞えと言われたが、タクマは返事をせずに立ち上がる。コラルも慌てて立ち上がり、タクマたちを先導した。

しばらく歩いていると、豪華な扉の前に着いた。扉を開けると、そこにはかなりの人数が脇を固めている。その間を進んで行くと、少し高いところに座っている王が見えた。

コラルは片膝をついて臣下の礼を行っている。しかし、タクマは膝をつくことをしなかった。それを見た周りの人間は騒然とし、口々に文句を言いだした。タクマは一言だけ、周りに向けて言葉を発する。

もちろん、殺気を付けながら。

「黙れ」

それまで騒然としていた空間は、タクマが発した言葉と殺気でシンと静まり返った。静かになったところで、言葉を続けていく。

「俺はあなたたちのように国に忠誠を誓っているわけではないし、王を崇拝しているわけでもない。ここに来たのは、王に言われたからではありません。俺が住むトーランの領主であるコラル侯爵に頼まれたから、仕方なく来ただけです」

タクマの発言に、周りの者たちがまた騒ぎ始めた。タクマがしばらく様子を見ていると、やたら貫禄のある声がホールに響いた。

「もう良い」

声の主は王だった。

「スマンな。タクマ・サトウ殿。君の言う通り、こちらから頼んできてもらったのだ。臣下の礼など必要ない。それに我がパミル王国は、タクマ殿に大変失礼なことをしている。お前たちは下がって良い。ここからは、私とコラル侯爵で、タクマ殿と話をするのでな」

王が退室を促すと、他の者たちは不満を見せながらも黙って従うのだった。一応護衛のために王の両隣には近衛らしき騎士が残されたが、彼らは絶対に話した内容を洩らすことはないそうだ。

「コラルよ。もう顔を上げて良いぞ。余計な者たちはおらんのでな」

「はっ！」

立ち上がったコラルは、タクマを見て恨めしそうな表情をした。

「タクマ殿。同じようにやってくれと言ったのに！」

「やってくれとは言われましたが、やるとは言ってませんよ。それに俺はこの国に住んではいますが、国に仕えているわけではないですから」

タクマは自分の考えを、ハッキリとコラルへ伝える。

「はっはっは！　コラルよ。お前の負けだ。流石は異世界からの客人よ、肝が据わっておる」

「し、しかし……他の者に悪い印象を与えてしまいますと……」

「そちらは私が手を打ってある。明日には不穏分子は駆逐されておる。それよりも、話さないといけないことも多い。さっそく始めようではないか」

こうして、ようやく話し合いが開始されるのであった。

46　対応

王の話を聞いて、タクマは王国の対応が意外に早いことにびっくりした。

暗部の襲撃に関しては、王は関与していなかったことをハッキリと断言した。通常、王の手の者が暗部に潜入し動向を監視しているそうなのだが、今回は監視者が違う問題に注意を向けられており、分からなかったそうだ。

タクマがアコール邸に潜入し手に入れた証拠から、黒幕のアコール侯爵は即刻逮捕となるらしい。その証拠には、賄賂、使い込み、暗殺などの詳細がはっきりと明記されていた。それに加えてアコール侯爵は、魔法国家マジルと通じていることが分かり、捕まえて尋問を行ったあとは爵位剥奪の上で死刑になるという。

さらに王は告げる。

「旅の途中の襲撃に関しては、黒幕のアコール侯爵を逮捕するために騎士団が向かっておる。すぐに問題は解決するだろう。ただ、解決するからといって、私の罪は消えるわけではない。タクマ殿、本当に申し訳なかった」

王はタクマと目を合わせてから、しっかりと謝罪を行った。だが、タクマはまだ謝罪を受ける気にはなっていなかった。

「謝罪だけで済む問題でもありません。私は王都に着いてからも迷惑を被っていますから」

タクマは城からの使者がやらかしたことを、詳しく説明していく。それを聞いていた王は、見る見る真っ赤な顔になり、そして近衛へ命令した。

「すぐに、その使者を捕らえよ！」

「はっ！」

近衛の一人がすぐに謁見の間を出て行った。

「そんなことがあったとは……どちらの件も、本当に申し訳ない。どうか許してもらえないだろうか？」

再びしっかりと謝罪をした王は、本当にすまなそうな表情をしている。

「そうですね。対応もすでに行っていますし、使いの馬鹿者の対応もしてくれました。謝罪をお受けします。ただ、一つだけ言わせていただいて良いでしょうか？」

「ああ、何でも言ってくれ」

「今回は穏便に対応しましたが、次はありません。そのことをよく理解していただけると嬉しいです」

「分かった。肝に命じておく」

「それと、襲撃者の暗部のほうなのですが……」

「ん？　コラルからは殲滅したと聞いておるが？」

「それは、私がそう言ってくれるように頼んだのです。彼らは別の場所で生きてはいますが、体の一部を切り落としています」

そう言って、アイテムボックスから切り落とした腕を取り出した。

「聞いたところによりますと、暗部は体に刺青を入れていて、王に見せれば自分が暗部だと証明できると言っていました」

話を聞きながら腕を見ていた王は、すぐに襲撃者たちが暗部だと断言した。

「体の一部を失った暗部は、もう国のために使うことはできませんよね？　しかも戻れば死刑の可能性がある」

「ああ、その通りだ」

「ではこのまま、彼らは殲滅されたことにしてもらえませんか？」

「殲滅されたことにしたとして、彼らはどうなるのだ？」

「まあ、酷い目に遭わせたりはしませんよ。新たな人生を送りたければ、協力しようと思ってます」

タクマは具体的なことは濁したのだが、王もそれ以上聞いてこようとはしなかった。ただ、一つだけ頼まれた。

「彼らは自分の名前を捨ててまで国に尽くしてくれた者たちだ。どうか穏便に済ませてくれないだろうか。もちろん、そのための援助は、タクマ殿への慰謝料に上乗せさせていただく」

捕えている襲撃者たちの処遇は、被害者であるタクマに一任されることになった。

先ほど出ていった近衛が、報告をするために戻ってきた。タクマが影と名付けた使いの者は責任を痛感し、詫びのつもりか自分の足を切り落としてしまったそうだ。切り落とした痛みの中でずっと謝罪を口にしているらしい。

それを聞いたタクマは国王にお願いする。

「国王様。申し訳ありませんが、その者のところまで案内していただけますか。死んでほしいとは思っていないので、どうにかしてやりたいと思います」

「なぜだ？　あの者に厳罰を希望しているのではないのか？」

「そんなことは一言も言っていませんよ。ただ、使いの者なのに私情を優先したことを反省してほしかっただけです」

王はタクマの話を聞いて、近衛に案内をするように命じてくれた。

近衛はタクマを連れて、使いの者がいる部屋へと移動した。そこには右足を付け根から切断し、痛みに震えている男がいた。タクマは近くに寄って話しかける。

「自らやるとは大した奴だな。自分のしたことの重大さを理解したか？」

タクマの問いに頷きを返した男は、今にも意識が飛びそうになっていた。

「この男の足はあるか？」

タクマは近衛の男に尋ねると、運んできてくれた。すぐに、切った足と使いの男にクリアをかけていく。クリアが済むと、切った足を切断面に付け、元に戻るように魔法を行使した。ただ、痛みが酷かったらしく、使いの男は意識を失ってしまった。

「とりあえず接合したから大丈夫だとは思うが、目を覚まして動かなかったり違和感があったりしたら呼んでくれ」

目の前でありえない光景を目にした近衛だったが、タクマの問いかけにしっかりと返事をした。

タクマはその場をあとにし、謁見の間へと戻っていくのだった。

47　本当の目的

謁見の間に戻ってきたタクマは、良い子で待っていたヴァイスたちを褒めてやったあとに、王とコラルに報告を行った。

「そうか、あの者は助かったか。それにしても足を繋げるなど、ウチの宮廷魔導士でも無理なことなんだがな。それをいとも簡単にできてしまうとは……」

「タクマ殿はこの世界の神以外にも祝福を受けているみたいですので、こちらの常識を当てはめるのは無理があるのでしょう」

タクマの非常識さに呆れている二人に、タクマは本題に入ってほしいと促す。

王は、タクマをここへ呼んだ目的について話し始めた。

「そうだな。だがその前に、私の名乗りがまだだったな。私はパミル王国の現国王、アルダイ・パミルだ。よろしく頼む。さて、今回タクマ殿をお呼びしたのは、君たちと不可侵条約を結びたいと思っているのだ。コラルにも言っておいたが、我が国としては君と敵対することは絶対にしたくない。こちら側から手を出すことは絶対にしないと約束しよう。もし今回のようなことが再発した場合は、貴族であろうが容赦なく対応してもらって結構だ。そのような馬鹿を出すつもりはないが、万が一の場合は殲滅も私の名で許可しよう。それと、私個人として、君と友好を深めたいと思っておる」

「随分とこちらに有利な条件を提示していますが、何か目的が？」

国として個人と不可侵条約を結ぶなど、ありえないことだろう。それに、手を出してきたらタクマの判断で殲滅も許可するとなると、相当譲歩した条件なのが分かる。

「君の力を私たちに向けられたら、一瞬でこの国は滅ぶ。そうならないためには君に必要以上の手を出さないのが一番だろう？　友好については、ただ単に君と仲良くなりたいのだ」

「なるほど」

王は懐から契約書を取り出す。内容は、先ほど話されたことがそのまま記載されていた。

・パミル王国はタクマ・サトウに対し、敵に回ることを絶対にしない。
・王国の意志を無視してタクマ・サトウに手を出した場合、いかなる身分の者であっても国が守ることはない。
・タクマ・サトウが家族として認定した者にも、同じ条件が付与される。
・万が一、敵対した場合は、タクマ・サトウの判断で敵を殲滅することを、王の名において許可する。
・タクマ・サトウが異世界からの転移者であることは、国家機密とする。それに付随して、タクマ・サトウの能力も同じ扱いとする。

タクマは契約書の内容をしっかりと読み込んだ。紙にも小細工がないか確認したが、余計な心配だったようだ。書類にも問題はなさそうだったので、その場でサインをしようとしたのだが、それはコラルが止める。

「タクマ殿。不備があるとは思わないが、いったん持ち帰ってファリン殿にも確認してもらったほうが良いだろう。彼女はそのために来たのだから」

「……そうですね。では、こちらはいったん持ち帰って、検討してもよろしいでしょうか？」

「うむ。こちらとしても不備があっては困るのでな。それで頼もう。不可侵の話はこれで終わりだが、私個人の話が残っているな。どうだろう？　私の友になってくれんか？」

「友ですか……せめて知り合いからでお願いします。お互いの人となりも分かっていませんから」

タクマは、友達付き合いをするには時間が足りないと思った。それに、王が何を考えているかが分からなかったのだ。

「……確かに、君も私のことが分からないだろう。いきなり友では失礼だったな。知り合いからで頼む。そうだ、まずは名前で呼び合うことにしよう。よろしくタクマ殿」

そう言って手を差し出された。コラルを窺うと頷いていたので、握手を交わす。

「では、話し合いも終わって、知り合いになれたことですし、私からお近づきの印を献上しましょう」

タクマはアイテムボックスから、このときのために購入してあったジャッキーダニエロを取り出した。

「これは……」

「私の世界で飲まれている酒です。お口に合うか分かりませんが、どうぞお納めください」

「おお！　君の世界の酒か！　先日コラルから献上された酒とは違うようだが……」

「種類としては同じものですが、味わいは少し違いますね。晩酌にでも飲んでいただけたら」

「そうか。前に飲んだ酒も最高だったが、これも楽しみだ。ありがとう！」

献上した酒を近衛が片付けたあとは、外が明るくなるまで話を続けた。タクマがこの世界に来たときのことや、異世界はどんなところなのかなど、二人は興味津々にタクマの話に聞き入っていた。

ふと、コラルが外を見やりながら告げる。

「国王様。そろそろ、朝になります。少し休まれませんとお体に障ります」

「おお、そうか。まだまだ話したいが、今日はこれで終わろう。この続きはまた今度だな。今回の事件の結果を知らせないとタクマ殿も安心できんだろうから、日を改めて来てもらうことになると思う」

そう言うと王は、ふらふらと謁見の間から退室していった。

「では私たちも帰ろうか」

コラルとタクマたちも城を出て、コラルの邸宅へと帰っていくのだった。

48 買い物と感謝

朝焼けを見ながら帰ってきたタクマたちだったが、すぐに寝ることは叶わなかった。

コラルは急ぎの仕事があるらしく、寝ずに働く羽目になった。一方タクマも、ファリンに契約書を見せなければならない。ヴァイスたちを付き合わせるのは可哀そうだったので、部屋に戻って寝かせることにした。

タクマからひと通り説明を聞いたファリンが言う。

「そう……そんなことがあったのね。でも、これだと私が来た意味はほとんどなかったわね」

「そうか？　この契約書を見てもらう第三者が必要だったし、意味はあるさ」

タクマは預かってきた契約書をファリンに渡し、確認を頼む。ファリンは契約書に目を通していくが、読んでいくにつれて少し困った顔になっていった。

「ねえ。この条件って、国には全くメリットないわよね？　むしろデメリットしかないんじゃない？」

「おそらくだが、俺に敵対をしないでほしいってことだろうな」

「……タクマ様って化け物扱いされてる？」

「ハッキリ言うなよ……自覚はあるんだから……」

一瞬凹んだような表情を見せるタクマ。

「でも、随分と転移者を警戒してるのね。そこまで危険なの？」

「それを本人に聞くか？　まあ、俺の意見で良ければ言うけど」

それからタクマは国の本意について、自分の解釈を伝えた。

「俺本人の力とヴァイスたちの力は、相当に危険だろうな。そんな奴らが国に敵対した場合、その国は滅ぶしかないだろう。だから、敵になるようなことはしないから、俺たちにも国に対して敵意を持たないでほしいってことじゃないかな」

ファリンは納得しつつも若干引き気味である。

「なるほどね。タクマ様とヴァイスたちは、個々の能力だけでも大量殺戮《さつりく》魔法みたいな扱いになっているのね。それだったらこの条件は妥当でしょうね。あなたたちだけではなく、引き取った子供や家にいる人たちにまで条件が及んでいる理由が、分かる気がする。下手に関係者に手を出したら大変なことになるでしょうし」

ファリンには身も蓋もないことを言われてしまったが、契約書に関してはこの条件で大丈夫と言ってくれたので、タクマはアイテムボックスに収納した。

「じゃあこれで、今回の私の仕事は終わりかしら？」

「いや、この契約書にサインして再度謁見をすることになるだろうから、そのときは一緒に城へ行ってもらうぞ」

一瞬、面倒そうな顔をするファリン。

「そう……結局謁見は避けられないのね。まあ、しょうがないわ。でも、しばらくは呼ばれないのでしょう？」

「どうかな？　とりあえず数日は呼ばれないだろうな。しかも事後処理が済んでいないだろうから、外出もできないだろうし」

「え？　じゃあ、今日は外に行けないのかしら？」

ファリンは今日こそは外出したいと思っていたらしい。

「ちょっと無理だろうな。少なくとも戦闘に秀でている人間と一緒じゃないと無理じゃないか？」

「じゃあ、タクマ様が……」

「スマンが寝かせてくれ……昼過ぎには起きるようにするから、そのときに行かないか？」

「んー。しょうがないわね。じゃあ、昼過ぎくらいに起こしてあげるから、買い物に付いてきてよ」

買い物に付き合うことを約束させられたタクマは、すぐに部屋へと戻って眠りに就いた。

数時間後。昼を少し過ぎたくらいにタクマは目を覚ました。応接間に行ってみるとファリンが待ち構えていた。

「あら、起きられたのね。ご飯はどうする？　使用人さんたちが作ってくれているけど」

せっかく作ってくれた物を食べずに外出するのは失礼なので、しっかりと食べてから出かけることにした。タクマが寝ている間に、ファリンがコラルに外出許可を取っていたらしく、食事後すぐに町に出られることになった。

「さて、出てきたは良いが何を買うんだ？」

「私は息子に筆記用具でもと思っているんだけど」

「あー、筆記用具はやめといてくれ。それは帰ってから、俺が用意するつもりなんだ」

「え？　うちの子にもくれるの？」

「当たり前だ。家にいる者全員に渡すぞ。基本的に、生活に必要な物は俺がすべて支給するつもりだ」

代わりに、王都に行った土産でも買ったらどうかと提案してみたところ、いろんな店へと引っ張り回される羽目になった。

タクマは今回の旅で彼女に支払いをさせるつもりはなかったので、ファリンが選んだものを片っ端から買っていく。彼女はすまなそうにしていたが、タクマは気にするなと言って買い物を続けさせた。買い物は数時間を要したが、ファリンは満足してくれたようだ。

「もう良いのか？」

「ええ、大満足よ！　それと……ありがとうございます」

ファリンが改まって礼を言ってくる。

「ん？　どうしたんだ急に」

「いえ、ちゃんと言ってなかったから。私も息子も、人質になっていたときはカリオとの再会を諦めかけていたわ。脅されていたとはいえ、彼が悪事に加担していたのは知っていたから、一緒に住めるなんて考えていなかったの。でも、タクマ様が身柄を引き受けてくれて仕事まで用意してくれた。感謝してもしきれないわ。本当にありがとうございます」

改めて感謝を伝えられたタクマは、ちょっと照れくさくなったため、ヴァイスたちを撫でながらファリンの言葉を聞いていた。

ヴァイスたちは、今までよりもさらにタクマのことを誇らしく思うのだった。

◇　◇　◇

タクマが王都で買い物をしている頃。王都から離れたある森の中で、大小二匹の動物が息をひそめていた。大きいほうは体長50㎝くらいで、小さいほうは細長い動物である。

(ねえ……いつまで隠れてなくちゃいけないのかな……)

(……分からない……でも、きっと私たちを見つけてくれると思う……)

二つの影は身を寄せ合って、敵に見つからないように辺りを警戒する。

二匹がいる場所は決して安全なところではない。彼らは自分の持っている能力を駆使して、逃げ続けていた。

（あっ！　またモンスターが！）

その視線の先で、オークがうろついていた。倒せない敵ではないだろうが、仲間を呼ばれては困る。

（……この森めんどくさい……倒そうと思えば倒せるけど、仲間を呼ぶ奴が多い……ちょっと離れよう……）

（うん……そう言えば、この前も危なかったよね……）

二匹は数日前に食事のためにモンスターを倒した。だが、その際に仲間を呼ばれて、死にそうな目に遭ったのだ。

（いつまで上手く逃げられるか分からないよう……）

少し大きめの動物が不安を口にする。小さい動物のほうは不安を抱えてはいるのだが、気丈に前向きな言葉を口にした。

（大丈夫……私たちが協力すれば、大抵の相手からは逃げきれる……）

（でも……でもだよ？　もし見つけてもらえなかったら？　僕たち死んじゃうかも……）

二匹は、誰かに見つけてもらうことを待っていた。

小さい動物は、大きな動物の心配を否定する。

（……絶対私たちを見つけてくれる……あの方たちは言ってた……私たちのご主人様になる人はすっごく強くて優しいって……それに必ず迎えに来てくれるから、頑張れって言われたでしょ？）

（う、うん……そうだね。悪いほうにばっかり考えたらダメだよね。僕も頑張る！）

二匹は気合いを新たに、この森で生き抜いていく決意を固めた。

この二匹は、神に守られているある人間が迎えに来てくれることを心待ちにしながら、森を逃げ回っていたのだ。

二匹は、心の中で叫ぶ。

（早く迎えに来て！　怖いよ！　寂しいよ！）

いずれ最強の錬金術師？
SOMEDAY WILL I BE THE GREATEST ALCHEMIST?
小狐丸
KOGITSUNEMARU
地味～な生産職志望の僕に付与されたのは、
聖剣から空飛ぶ船まで、
何でも造れる最強スキル
錬金術!!
第10回
アルファポリス
ファンタジー小説大賞
読者賞受賞作
アルファポリス人気ランキング
圧倒的
第1位

いずれ最強の錬金術師？
SOMEDAY WILL I BE THE GREATEST ALCHEMIST?
小狐丸
地味～な生産職志望の僕に付与されたのは、
聖剣から空飛ぶ船まで、何でも造れる
最強スキル
錬金術!!
第10回アルファポリス
ファンタジー小説大賞
読者賞受賞作
アルファポリス人気ランキング
圧倒的第1位
……僕、のんびり暮らしたいだけなんだけど

Ohitoyoshi shokunin no Burari Isekai Tabi
お人好し職人のぶらり異世界旅
DENDENSEKAI
電電世界
借金返済から竜退治まで、なんでもやります
世話焼き職人！
ネットで大人気!!
お助け職人の異世界ドタバタ道中
始まり始まり！
電気工事店を営んでいた青年石川良一《いしかわりょういち》は、不思議なサイトに登録して異世界転移した。神様からチートをもらって、ぶらり旅する第二の人生……のはずだったけど、困っている人は放っておけない。分身、アイテム増殖、超再生など神様から授かった数々のチートを駆使して、お悩み解決。時には魔物を蹴散らして、お助け職人今日も行く！
●定価：本体1200円＋税 ●ISBN 978-4-434-24340 0 ●Illustration：
お人好し職人のぶらり異世界旅
電電世界
DENDENSEKAI
借金返済から竜退治まで、なんでもやります
世話焼き職人！
困った時は俺を呼べ！
アルファポリス
お助け職人の異世界ドタバタ道中、始まり始まり！

シ・ガレット
神奈川県在住のキャンプとバイクが好きな人。
2016 年 12 月より「異世界に飛ばされたおっさんは何処へ行く？」の連載を開始。多くの読者に支えられて 2017 年 7 月に同作で出版デビュー。

イラスト：岡谷

本書は Web サイト「アルファポリス」（http://www.alphapolis.co.jp/）に投稿されたものを、改稿、加筆のうえ、書籍化したものです。

異世界《いせかい》に飛《と》ばされたおっさんは何処《どこ》へ行《い》く？ 3

シ・ガレット

2018年 3月31日初版発行

編集ー芦田尚・宮坂剛・太田鉄平
編集長ー塙綾子
発行者ー梶本雄介
発行所ー株式会社アルファポリス
〒150-6005 東京都渋谷区恵比寿4-20-3 恵比寿ｶﾞｰﾃﾞﾝﾌﾟﾚｲｽﾀﾜｰ5F
TEL 03-6277-1601（営業）03-6277-1602（編集）
URL http://www.alphapolis.co.jp/
発売元ー株式会社星雲社
〒112-0005 東京都文京区水道1-3-30
TEL 03-3868-3275
装丁・本文イラストー岡谷
装丁デザインーAFTERGLOW
印刷ー中央精版印刷株式会社

価格はカバーに表示されてあります。
落丁乱丁の場合はアルファポリスまでご連絡ください。
送料は小社負担でお取り替えします。

ISBN978-4-434-24450-6 C0093